KB121115

로크미디어가
유혹하는
재미있는 세상

ROK
MEDIA
로크미디어

운현궁의 주인

운현궁의 주인 3

2015년 12월 4일 초판 1쇄 인쇄
2015년 12월 9일 초판 1쇄 발행

지은이 화명
발행인 이종주

기획 팀 이주현 이기헌
책임 편집 이정규

발행처 (주)로크미디어
출판등록 2003년 3월 24일
주소 서울시 용산구 원효로97길 46 5층
Tel (02)3273-5135 Fax (02)3273-5134
홈페이지 rokmedia.com E-mail rokmedia@empas.com

ⓒ 화명. 2015

값 8,000원

ISBN 979-11-255-9833-6 (3권)
ISBN 979-11-255-9830-5 04810 (세트)

| 화명 장편소설 |

운현궁의
주인

3

ROK
MEDIA
로크미디어

차 례

1장

"신고합니다! 대위 이우는 쇼와昭和 16년 8월 4일부로 조선군 사령부 포병과로의 전입을 명-받았습니다! 이에 신고합니다!"

어깨 위에 가는 빨간색 두 줄 사이에 쇠로 된 별 세 개가 달린 조선군 사령부 사령관 이타가키 세이시로板垣征四郎 대장에게 신고했다.

모자를 써서 어떠한 머리인지는 알 수 없으나 귀 옆으로는 전혀 머리가 나오지 않았다. 게다가 찢어진 눈에 콧수염까지, 헤이안 시대의 일본인을 생각하면 떠오르는 은퇴한 무사 같은 인상을 주는 사람이었다.

"환영하네. 이곳은 자네의 고향이기도 하니, 천황 폐하께 몸과 마음을 바쳐서 충성을 다하고 열심히 근무하도록 하게."

"네, 알겠습니다."

그는 처음부터 나에게 반말을 했다. 화족이나 황족이 아닌 대장과 대화를 하는 것은 처음이었는데, 그는 내가 귀족이라는 것에 관심이 없는 것 같았다.

보통의 상관들, 소좌(소령), 중좌(중령), 대좌(대령)급의 장교들은 나에게 말하는 것 자체를 어려워했으나 그는 달랐다.

물론 육군 대장들은 군국주의인 일본 제국에서 최고 실력자들이었다. 그들 중에서 육군대신까지 지냈던 세이시로라 자존심이 강하다는 것을 고려하면, 그가 하는 행동과 말이 이해가 되었다.

그는 1939년 만주국과 일본제국군이 몽골인민공화국으로 진격하다 소련의 '붉은 군대'와 벌인 전투, 할힌골 전투(노몬한 사건)에서 패배하면서 문책성으로 조선군 사령부 사령관으로 배치되었다.

중국이나, 본토, 대만처럼 지금까지도 곳곳에서 전투를 하는 것도 아니고 일본 제국 육군의 머리인 대본영이 있어서 권력의 중심인 것도 아니다. 이미 독립운동가들까지 전부 중국으로 쫓아내 아무것도 존재하지 않는 조선이라 조선군은 상대적으로 한직으로 분류되었다.

전대 조선군 사령관인 나카무라 고타로 대장이 은퇴를 앞

두고 있었고 그 전대 조선군 사령관들이 중장이었던 것만 보아도 그가 문책성으로 이곳에 배치되었다는 것을 알 수 있었다.

대위 따위에게 별관심 없다는 듯 그는 신고를 받는 것을 끝으로 별다른 대화도 하지 않고 나를 내보냈다. 불편한 자리에 오래 있지 않는 건 나도 환영할 만한 일이어서 빠르게 사령부 건물을 벗어났다.

포병과는 사령관의 집무실이 있는 본관과 조금 떨어져서 박격포들과 기관포들이 보관된 진지 옆에 위치해 있었다. 나를 안내하는 인사과의 행정병을 따라가니 금방 도착했다.

"이곳으로 들어가시면 됩니다. 그럼 이만 복귀하겠습니다."

행정병이 나에게 경례를 하고 가자 진지를 전체적으로 봤다.

사무실 옆에 기관포들이 비를 맞아 부식되는 것을 막기 위해서 기관포 위에 진지를 구축하고 천장에는 방수를 위해서 검은 타르를 떡칠해서 바른 모양이었다. 그리고 포병들이 진지를 수리하면서 사무실의 문에도 그것을 바른 것인지, 손을 대기조차 겁이 나는 외형을 가진 문이 눈에 들어왔다.

문에 작게 나 있는 손잡이를 잡아서 열자, 기름칠이 잘되어 있는 문이 아무런 소리도 없이 부드럽게 열렸다.

내가 안으로 들어서자 중위, 조장(상사), 군조(중사) 각 한 명씩이 중위가 앉아 있는 자리 옆에 모여 있었다. 중위는 무언가 서류를 보고 있었는데, 조장과 군조 역시 그가 보고 있는 서류를 함께 보면서 무언가 이야기를 하고 있었다.

그리고 사무실의 한쪽 구석에는 이마에 노란 별 하나를 달고 있는 이등병 열 명이 줄지어 서 있었다.

그들은 문소리가 전혀 나지 않아서 소리를 듣지 못했는지 내가 들어서도 아무런 반응도 없이 자신들의 이야기를 계속해서 하고 있었다.

탁.

그들의 시선을 끌기 위해서 내가 군화를 부딪쳐서 소리를 내자 그제야 고개를 돌렸다.

"하, 핫!"

세 사람은 고개를 돌려서 이등병들이 낸 소리인가 하고 보다 내가 서 있는 것을 보고 잠시 누구인지 살폈다. 그러다 나의 계급을 본 것인지 당황하면서 경례를 했다. 군은 계급이 깡패인데, 그들 세 명은 나보다 낮은 계급이었기 때문이다.

그런데 그들이 나를 대하는 것이 내가 알고 있는 상급자를 대하는 것과는 다르게 느껴졌다.

"포병참모님은 어디 계신가?"

포병 장교인 내가 속한 부서의 장인 포병참모가 보이지 않아서 물었다.

"참모님께서는 19사단에 시찰을 나가셨습니다. 대, 대위,

아니 저, 전하."

중위는 경례를 하기 위해서 일어난 그대로 자리에 앉지도 못하고 차렷 자세로 대답을 했는데, 주먹을 쥐고 있는 그의 손이 바들바들 떨리는 것이 보일 정도였다.

"이곳은 군이고 나 역시 군인이니 대위로 부르면 충분하네."

"하, 핫!"

귀족을 처음 본 것 같은 자세로 나를 대하는 중위 때문에 약간 웃음이 나왔다.

"그럼 선임 장교님도 안 계시는 것인가?"

보통의 포병과는 참모 밑에 선임 장교가 한 명 있고 그 밑으로 두세 명의 포병 장교와 부사관인 포병 담당관이 세 명 정도 있는 게 보통의 편제였다.

군단급인 조선군 사령부에서 대위인 내가 선임 장교가 될 리는 없었기에 소령에서 중령 정도의 선임 장교가 있을 것으로 예상하고 물어보았다.

"대, 대위님께서 이번에 선임 장교로 부임해 오시는 것으로 알고 있습니다. 지금 현재는 포병 장교가 세 명 있는데, 저만 부대에 남아 있고 제 선임인 두 명의 대위 중 한 명은 오늘 참모님을 수행해서 19사단에 가셨습니다. 그리고 다른 한 분은 어제 당직 근무를 서서 퇴근하셨습니다."

당황스럽게도 내가 처음 부임해 오는 날인데 같은 과의 장교 중에서 가장 막내만 남아 있고 다른 사람들은 모두 밖으로 나가서 부재중이었다.

저기 서서 얼어 있는 중위와 부사관에게 전입신고를 할 수는 없었기에 당황스러웠다. 그리고 그가 한 말 역시 당황스럽기는 마찬가지였다.

물론 10월에 소령으로 진급이 예정되어 있는 상태이기는 하지만, 소령으로 진급하기도 전에 군단급 부대에서 선임 장교를 맡는 것은 이례적인 일이었다.

"그러면 나는 누구에게 업무 보고를 하고 일과를 시작하지? 혹 전해 받은 명령이 있는가?"

"도착하시면 전화를 연결하라는 참모님의 지시 사항이 있었습니다."

이놈은 내가 오자마자 전화를 연결하는 것이 순서였던 거 같은데, 내가 물어볼 때까지 정신을 차리지 않고 멍하니 서 있다가 내가 물어보니 그제야 말을 해 줬다.

"그럼 연결해 주게."

19사단은 조선에 있는 조선군 사령부 예하의 두 개 사단 중 하나였다.

조선의 치안을 담당하는 이곳 조선군 사령부와 같이 용산에 주둔한 것이 20사단, 소련과의 국경을 감시하는 함경도 나남(現現 함경북도 청진시)에 위치한 게 19사단이었다.

그곳으로 가 있는 포병참모에게 전화를 연결하기 위해서

는 몇 번의 교환을 거쳐야 했고, 나남의 부대와 연결이 되고 나서도 참모가 전화를 받기까지 한참을 기다려야 했다.

10분 정도가 걸려서 전화가 연결되었다. 중위가 상황을 이야기하고 나서 나에게 전화를 넘겨주었다.

"금일 전입해 온 대위 이우입니다."

─그래요. 이우 공이 전입을 온다는 소식은 들었는데, 이미 잡혀 있던 일정이어서 나왔네요. 미안해요.

포병참모는 나에게 존댓말도 반말도 아닌 어투를 썼다. 보통의 군인들이 자신보다 낮은 사람에게 반말하는 것과는 다르게 내가 공족이라는 것을 의식하는 것 같았다.

"아닙니다, 참모님."

─그래요, 그럼 그곳에 있는 스즈키 중위에게 부대 소개를 받아요. 그리고 업무에 대해서는 전임자인 선임 장교가 병가로 공석이니, 현재 선임 장교 대리를 맡은 나카타 대위가 내일 출근하면 그에게 인수인계를 받도록 하세요."

"네, 알겠습니다, 참모님."

─그럼 3일 후에 내가 부대로 복귀하면 보도록 해요.

"네, 참모님. 그리고 말씀은 편하게 하셔도 됩니다."

전 부대 있을 때도 바깥의 계급보다는 군에서의 계급을 중요시했기 때문에 그렇게 말했다. 일하고 근무를 해야 하는데 참모가 존대하면 불편할 게 뻔히 보였다.

─화족이 온 것은 처음이라 익숙하지 않네요. 차차 익숙해지

면 하도록 해요.

정확히는 화족이 아니고 공족이었지만, 그의 눈에는 화족이든 공족이든 황족이든 전부 귀족으로 보일 것이다. 일본 사람들에게 화족이란 단어는 귀족을 뜻하는 말이었다.

"스즈키 중위인가?"

"핫!"

내가 나에게 전화를 주었던 중위에게 말을 하자, 그가 군기가 바짝 든 목소리로 대답했다.

중위의 큰 목소리에 내가 등장할 때부터 이미 긴장을 하고 있던 부사관들과 일렬로 늘어서 있던 이등병들은 더 긴장할 수 없을 정도로 바짝 긴장된 상태로 부동자세를 유지했다. 그러니 조용한 사무실에는 바깥에서 무언가를 고치는 듯한 망치질 소리만 간간이 들릴 뿐이었다.

"다들 긴장 풀고, 내가 잡아먹나? 그렇게 빡빡한 사람 아니니 부사관들은 저기 이등병들 데리고 가서 담배 하나 태우고 오고, 중위는 나와 잠시 이야기하지."

"핫!"

중위가 대답한 이후 눈짓으로 명령했고, 군조가 전 인원을 인솔해서 밖으로 나갔다.

그들이 밖으로 나가고 나자 나와 단둘이 남게 된 중위는 긴장된 자세를 풀지 않고 부동자세로 서서 턱을 한껏 들어 올리고 있었다.

일본 육군의 차렷 자세는 턱을 들어 올린 상태로 움직이지 않고 있는 것이었는데, 엄청나게 불편한 자세였다.

"열중쉬어."

착-.

"쉬어……. 이쪽으로 앉게."

차렷 자세로는 무엇을 이야기해도 듣지 못할 거 같아서 일단 그를 자리에 앉혔다. 그는 나의 명령에 쭈뼛쭈뼛하면서 자리에 앉았다.

"내가 공족이라는 것은 알고 있는 것 같고……."

그가 나의 말을 끊고 큰 목소리로 대답하려는 자세를 취해서 손으로 저지하고 계속해서 말을 이어 갔다.

"평소 대위에게 이 정도로 경직된 자세를 하지는 않잖아. 지금 자네가 취하는 건 무슨 육군대신을 대하는 태도야. 그냥 평범한 대위라 생각하고 대하도록 하게. 밖에서 무슨 계급이든 간에 이곳 안에서는 나 역시 군인이고 대위일 뿐이야. 알겠나?"

"네, 알겠습니다!"

아직 목소리가 큰 것은 똑같았으나 그래도 아까보다는 조금 나아진 거 같았다. 앞으로 생활하면 차차 나아질 거라 생각하고 다음 말을 했다.

"그럼……. 참모님께서는 자네에게 부대를 안내받으라고 하셨는데, 나를 안내해 주겠나?"

"네, 이쪽으로. 제가 앞장서겠습니다."

그의 뒤를 따라서 조선군 사령부를 돌아보면서 이런저런 설명을 들었다. 이곳 사령부의 전투 병력은 항공대와 부대 외곽을 순찰하고 수비하는 경비 중대가 끝이었다. 실질적인 전투부대는 이곳 옆에 있는 20사단이 담당하고, 내가 속한 포병과도 관동군과 조선군의 포병을 이곳에서 교육해 보내는 역할만 하고 있었다.

"그럼 아까 그들은 누구인가?"

"이등병을 말씀하시는 것입니까?"

"그러네."

"그들은 훈련소를 마치고 이곳으로 포병 교육을 위해서 온 교육생들입니다. 지금 현재 부대에는 예순 명의 교육 인원이 더 있고, 오늘 새로이 열 명이 온 것입니다."

"포병이 많지는 않은가 보네?"

"관동군과 조선군에는 포병의 비율이 높지 않아서 교육하는 인원이 적습니다. 주력 포병 부대는 지나군(중국주둔군)에 있어서 그곳의 포병학교에서 교육합니다. 그래서 이곳 조선군과 관동군에는 한 개의 사단에 중대급의 포병 부대만 있어서 교육 병력이 적습니다."

나는 포병과라고 해서 전투부대로 온 줄 알았더니, 이곳에서도 결국은 교육 부대였다.

일본에서도 중위 때까지는 전투부대에 있었으나 중대장이

되어 지휘관급으로 올라오니 전투부대는 맡기지 않았다. 일
본에서도 포병학교의 교관과 교도 연대教導聯隊의 중대장을
맡았었다. 교도 연대 역시 전투부대가 아닌 교육 부대의 교
육생들을 관리하는 중대장이었다.

그리고 육군대학교를 졸업하고 나서 처음 부임한 이곳도
조선군 사령부 소속의 포병 교육을 담당하는 것 같았다.

"그럼 우리 포병과에는 실제 전투 병력은 없는 것인가?"

"그렇습니다. 이곳에 포병학교를 설치하기에는 교육생이
적고, 또 본토나 지나군에서 교육을 해서 이곳으로 배치하기
에는 너무 멀지 않습니까. 그래서 포병과가 교육과 전시의
작전을 담당하고 있습니다."

✤✤✤

스즈키의 안내를 받고 나서 사무실로 돌아오니 이등병들
과 부사관들이 대기하고 있었다.

내가 사무실로 들어서자 자리에 앉아 있던 부사관들과 자
기들끼리 무언가를 이야기하고 있던 이등병들이 나에게 집
중했다.

이등병들은 차렷 자세가 되었고 부사관들은 자리에서 일
어나 나를 봤다.

"이 인원들은 왜 막사로 가지 않고 사무실에 있는 것인

가?"

부사관들이 딱히 이등병들에게 무언가 교육을 하는 것 같
지도 않았다. 그래서 사무실에 일렬로 서 있는 이유를 알지
못해서 물었다.

"현재 훈련소장이신 참모님이 부재중이시라 선임 포병 장
교이신 대위님께서 훈련소 입소식을 하고 입소를 허락하셔
야 이들이 막사로 들어갈 수 있습니다."

나의 질문에 대답한 사람은 앞에 있던 부사관이나 훈련병
이 아닌 뒤에서 따라왔던 스즈키 중위였다. 그는 나의 귓가
에 다른 사람들이 듣지 못하도록 이야기했다.

"나는 오늘 전입을 오는 것인데, 내가 오지 않았으면 어떻
게 되는 것이었나?"

아무리 군대라지만 일본에서 조선으로 전입 오는 것이다.
문제가 있어서 하루 이틀 차이가 나는 것은 이 시대에 자주
있던 일이었는데 무슨 일을 이렇게 대책 없이 하는 것인지,
누구의 머리에서 나온 것인지 궁금해서 그에게 물었다.

"그렇게 되었으면 제가 인솔해서 오늘은 막사에서 쉬게 하
고 내일 나카타 대위가 출근하면 입소식을 했을 것입니다."

결국 이 이등병들은 내가 입소식을 먼저 해 주지 않았다는
이유로 아침부터 쉬지도 못하고 저녁 시간이 다 되어 가는
이 시간까지 서서 기다리는 중이었다.

앉아서 기다리는 것이라면 그나마 나았을 거 같은데, 이들

이 앉아 있는 것을 보지 못했다. 또 이들 주위에 바닥 말고는 앉을 만한 곳이 없는 것이 계속 서서 있었던 것 같았다.

"그럼 어서 입소식을 하고 이들을 막사로 데리고 가게."

"알겠습니다, 대위님. 지금 바로 준비하겠습니다."

스즈키 중위는 나에게 말하고 나서 부사관들과 함께 이등병들을 데리고 나가려 했다. 그런 그에게 한 가지 말을 덧붙였다.

"내가 해야 할 일이 있으면 미리 이야기하게, 이런 식으로 내가 물어볼 때까지 기다리지 말고."

참모와의 전화통화도 입소식도 내가 물어보아야지 그제야 이야기하는 스즈키 중위가 답답해서 말했다.

"네, 알겠습니다, 대위님."

그는 시원하게 대답하고는 사무실을 나갔다.

사무실 창문으로 바라보니 간이로 입소식을 하기 위해서 사무실 앞의 작은 연병장에 이등병들을 줄지어서 세웠다. 그들이 서 있는 곳 앞에는 작은 연단이 하나 있었는데, 올라가서 훈화할 수 있도록 준비되어 있었다.

준비가 완료되자 스즈키 중위가 사무실로 들어와서 나에게 준비가 완료되었음을 알렸고, 나는 그를 따라서 밖으로 나갔다.

"그럼 지금부터 쇼와 16년 12기 조선군 포병 교육생 입소식을 거행하도록 하겠습니다. 먼저 궁성요배宮城遙拜가 있겠습니다."

스즈키 중위의 진행으로 입소식이 시작됐다. 첫 순서는 궁성요배, 천황이 사는 황거를 향해서 90도의 각도로 인사를 하는 것으로 시작했다. 그다음 황국신민의 맹세에서 이름과 주어만 바꾼 황국 군인의 맹세를 복창했다.

"하나, 우리는 대일본 제국의 황군皇軍이다."

"둘, 우리는 마음을 합쳐 천황 폐하께 충의를 다하겠습니다."

"셋, 우리는 고통을 참고 단련하여 훌륭하고 강한 황군이 되겠습니다."

훈련병들의 일본어 발음은 전형적인 조선의 일본어였다. 그제야 그들이 일본인이 아닌 조선인이라는 것을 알게 되었다.

조금만 생각해 보면 내지인인 일본인이 굳이 이 조선에서 입대하거나 징병되어서 교육을 받을 이유가 없었다. 그렇다면 이들 대부분은 징병으로 이곳에 끌려온 사람들일 것이다.

그들이 포병학교로 온 것이 운이 좋은 것인지 아닌지 알 수는 없었으나, 확실히 징병되었다는 것 자체가 운이 좋은 일은 아니었다.

"신고합니다. 이등병 미나미 이누코南犬子 외 9명은 쇼와 16년 8월 4일부로 입소를 명-받았습니다. 이에 신고합니다!"

제대 선두에 있던 훈련병 한 명이 입소 신고를 했는데,

그의 신고를 받으면서 순간 웃음이 터질 뻔했다. 위기를 겨우겨우 참아서 넘기고는 큰 탈 없이 입소 신고를 마칠 수 있었다.

"스즈키 중위, 오늘 입소한 교육생들 자료 좀 주게."

입소 신고를 마치고 이등병들은 부사관들의 인솔에 따라서 막사로 갔다. 그리고 나와 함께 사무실로 들어온 스즈키는 나의 말에 서류를 따로 가지고 있었던지 금방 가지고 왔다.

그가 건네준 서류에서 미나미 이누코라는 이름을 가진 사내를 찾아냈다. 한국어로 하면 남견자, 남쪽의 개자식이라고 해석할 수도 있겠지만, 그의 이름은 분명 미나미 지로南次郎 현 조선총독을 욕하기 위해서 만든 것임이 분명했다.

미나미 지로는 갑작스럽게 창씨개명을 제안하고 일본과 조선 양쪽에서 나오는 반대를 보면서도 그를 무시하고 추진한 인물이었다.

미나미 이누코라는 이름은 그에 대한 조롱임이 분명해 보였다. 입대를 하면서 창씨개명을 강요당하자 나름의 재치를 보인 것인지 아니면 그에 대한 분노였는지, 그는 자신의 이름으로 강제로 일본식 성명으로 바꾸었음을 알려 주고 있었다.

그에게 흥미가 생겨서 한번 개인적으로 이야기를 해 보고 싶었다. 하나 오늘 온종일 서 있다가 이제 겨우 쉴 수 있는

막사로 돌아갔는데 불러내는 것은 아니라고 생각되어 나중
에 불러서 이야기해 보기로 했다.

2장

전입 첫 출근을 마치고 집으로 돌아가니 집 안에서 청이의 웃음소리가 가득 들렸다.

"히로무, 여긴 웬일이야!"

노안당과 노락당의 사이의 마당에서 이제는 많이 크고 생기 활발해져서 뛰어노는 것을 좋아하는 청이와 그런 녀석을 들어다 놨다 하면서 놀아 주고 있는 히로무가 보였다.

"전하께서 전출을 가시니, 나도 똑같이 전출을 가는 거지. 조선군 사령부 정보과로 전출됐어."

히로무는 마당으로 들어오는 나를 발견하고는 청이를 품에 안고서 말했다. 나는 그를 잠시 청이와 놀게 놔두고 집으로 들어와서 몸부터 씻어 냈다.

경성의 한여름 날씨는 미래보다는 조금 시원한 것 같았지만 그래도 덥기는 매한가지였다. 기능성 원단이 아닌 오로지 내구성만 고려해 만들어진 군복은 통풍에 취약했다. 그래서 오늘 큰 훈련을 한 것도 아니었는데 등은 이미 땀을 흘려 진한 색으로 변해 있었다.

씻고 나오니 청이는 히로무와 노느라 체력이 다된 것인지, 찬주의 옆에 앉아서 간식을 먹고 있었다. 그 옆에 그런 청이를 사랑스러운 눈길로 바라보는 히로무가 보였다.

"그렇게 사랑스러우면 얼른 결혼해서 아이를 만들어."

"무슨 소리야?"

히로무는 나의 말이 조금 뜬금없었는지 어이없다는 표정으로 대답했다.

"청이를 보는 눈빛이 그랬어. 더 나이를 먹기 전에 결혼해서 애를 낳아야 애들 결혼하는 것까지 볼 것 아냐? 젊은 나이도 아니고 이제 조금만 지나면 마흔 된다?"

"······결투냐?"

마흔이라는 숫자가 가슴에 비수로 꽂힌 것인지 히로무는 있지도 않은 칼을 허리에서 꺼내는 동작을 취하면서 말했다.

"남길 말은?"

나도 그의 결투 신청을 받아 주는 척하면 장단을 맞춰 주자 히로무는 자세를 풀면서 웃었다.

"어느 집 규수의 인생을 망치려고, 언제 죽을지도 모르는 전쟁 중의 군인이 결혼을 하냐?"

"넌 안 죽을 거니까 걱정하지 마."

내가 알고 있는 대로라면, 히로무가 이우가 죽을 때까지 살아 있는 것으로 봐서는 그보다 더 오래 산다. 그렇다는 건 전쟁이 끝이 날 때까지 죽지 않는다는 말이었다.

"어떻게 확신하냐, 지금도 지나 전선에서는 매일 수백에서 수천의 병사가 죽어 가고 있어."

"여긴 안전한 곳이니까 괜한 걱정은 하지 말지?"

"그래요, 대위님도 얼른 결혼을 하셔야 하는데……. 조선 여인도 괜찮으시면 제가 한번 알아볼까요?"

우리의 대화가 별다른 결과가 없어 보였는지 청이의 간식을 먹이고 있던 찬주까지 말을 거들었다.

"공비마마까지 그러십니까? 전 괜찮습니다."

청이가 간식을 다 먹고 나니 찬주의 품에 안겨 있던 수련이가 칭얼거리기 시작했다. 그래서 찬주는 청이와 수련이를 데리고 이로당으로 들어갔다.

나와 히로무는 조용히 이야기할 수 있게 내원의 연못 중앙에 있는 정자로 향했다.

"자원을 한 거야?"

히로무가 고개를 흔들면서 대답했다.

"아니, 너 전출 결정하고 그다음 날 나한테도 전출 명령이 떨어졌어. 하고 있던 일을 인수인계하고 오느라 조금 늦은 거야."

"갑작스러운 명령인 거네."

"나에게 감시 역할을 맡긴 곳과 대본영을 차지하고 있는 사람은 세력이 서로 다르니까, 그들도 어디로 가는지 알지 못했던 거 같아."

일본 제국은 큰 나라였기에 국내에도 많은 권력 다툼이 있었다.

"지낼 곳은 구했어?"

"다른 곳이 있나, 나같이 풍족하지 못한 장교들은 나라에서 마련해 주는 숙소에 들어가서 살아야지."

히로무는 웃으면서 이야기했다.

장교의 월급이 먹고살 만큼은 나왔지만, 사치를 누릴 수 있을 정도로 나오지는 않았다. 또 전쟁 중인 국가의 군인이라는 특성상 잦은 부대 이동이 있었는데, 가는 곳마다 집을 사서 생활하기에는 월급이 부족했다.

나와 이은은 특별한 경우였다. 왕공족이어서 돈이 부족하지 않아 가는 곳마다 생활할 집을 구하는 것은 어렵지 않았다.

"숙소 들어갈 거면 차라리 여기 와서 사는 건 어때? 빈방도 많이 있고, 네가 온다고 하면 내가 사랑채라도 비워 줄 수도 있는데."

군에서 지정해 주는 숙소가 생활하기에 편하지 않고 야전

막사나 다름없을 정도의 수준이라는 걸 알고 있어서 히로무가 고생할 것이 눈에 보였기에 한 말이다.

찬주와 아이들이 주로 생활하는 이로당과 내가 주로 생활을 하는 노락당 말고도 운현궁에는 비어 있는 방들이 많이 있었다. 그 방의 중심에는 사랑채인 노안당이 있었다.

조선 시대에 세력이 있는 대가大家에는 으레 식객食客이 있었고, 그 세력가의 덕을 보려고 날마다 정성껏 문안을 드리기 위해 드나드는 문객門客도 있었다.

그 가문이 힘이 있느냐 없느냐 그리고 학문이 높으냐 낮으냐를 판단하는 기준이 식객과 문객의 숫자라고 봐도 과언이 아니었기 때문에 세력가들은 그들을 다 수용할 수 있는 작은 방들과 사랑채를 가지고 있었다.

이곳 운현궁 역시 흥선대원군의 흥망성쇠와 함께한 곳이었기 때문에 그 시절보다는 작아졌지만 그래도 큰 사랑채와 손님방을 가지고 있었다.

물론 지금은 군자의 예를 논하지도, 또 서예와 그림에 대해서 모여 논하지도 또 남의 집의 사랑채에 얹혀살면서 식객으로 있는 사람도 없었기에 빈방이 많았다.

"감시자가 감시 대상을 너무 가까이하는 것도 좋지 않아. 위에서 변절에 대해 의심할 수 있어. 그냥 숙소에 가서 지낼게."

이렇게까지 말하는 히로무에게 더 강요할 수는 없어 그의 말대로 하기로 했다.

오늘은 그냥 인사만 하러 온 것 같아 저녁을 먹기 위해서
일어나려고 할 때 히로무가 말을 꺼냈다.

"전에 고노에가에서 경고했던 일 말이야."

"응? 어……."

자리에서 일어나던 참이어서 처음에 뜻을 이해하지 못했
다가 그의 말을 이해하고 다시 자리에 앉으면서 대답했다.

"그 문제에 야스히토 친왕 전하가 연관되어 있다고 했잖
아."

"그랬었지."

야스히토를 만나서 이야기한 것을 히로무에게도 알려 주
었기 때문에 그도 알고 있는 일이었다. 그런데 이미 결론이
난 일을 왜 꺼내는지 궁금해서 히로무를 바라보았다.

"그 일, 마무리가 안 된 것 같아. 내가 이곳으로 오기 전까
지 알아본 바로는, 네가 조선으로 배정된 것도 도쿄 히데키
육군대신의 입김이 들어간 거 같아. 볼모로 데리고 온 너를
다시 조선으로 돌려보낸 건, 고노에와 자신들이 싸우는 사이
에 친왕 전하가 다른 일을 벌일까 봐서인 것 같아."

원역사에서도 이쯤에 이우가 조선으로 배속되어서 오는
것으로 알고 있었기에 히로무의 이런 말이 조금 이해가 안
되었다.

"원래 조선으로 오는 것이 아니고?"

"볼모를 그렇게 쉽게 조선으로 보내 줄 리가 없잖아."

지금까지의 일본의 태도를 보면 히로무의 말도 일리가 있었다. 하지만 원역사에서는 고노에가나 도죠 히데키와 문제가 없이도 조선으로 배속되었던 이유였기 때문에 조금 이상하기는 했다.

"그래서 그들이 싸우는 사이에 나를 이용해서 야스히토가 움직이지 못하게 하려고 나를 조선으로 보냈다?"

"지금까지 내가 수집한 자료들을 보면 그래. 자신이 너를 감시하기 위해서 심은 첩자를 고노에가에서 색출해 내 버리니까, 아예 위험 요소가 되지 않도록 조선으로 보낸 거지. 내가 생각하기에 조선에서 오래 있지는 못할 것 같아. 정보부에서 모은 정보를 바탕으로 추측해 보면, 도죠 히데키가 대정익찬회를 거의 다 장악해 가는 것 같아. 고노에가가 공작 가문으로 힘이 있지만, 그들의 정치적 기둥 중에 대정익찬회가 차지하는 부분이 크지. 기둥 하나가 없어지면 도죠 히데키를 비롯한 육군 출신의 사람들이 귀족원과 내각을 차지하게 될 거야. 그럼 자신의 눈에서 벗어난 너를 다시 동경으로 불러들이고 첩자들을 심을 거야. 그러니까 고노에가 덕분에 감시의 눈이 조금이라도 적은 지금이 일을 만들기에는 가장 적합한 시기야. 조선에서 무언가 하려고 준비하고 있으면 빠르게 실행하는 게 좋을 거 같아."

히로무가 추측한 내용은 내가 생각하는 것과 많이 달랐지만, 결과는 비슷했다. 내가 조선에서 머무를 수 있는 시간이 길지 않다는 것.

"자세한 내용까지는 몰랐지만, 나도 조선에서 머물 수 있는 시간이 길지 않다는 걸 느끼고 있었어. 지금 내가 준비하고 있는 것 말인데…… 그게……"

⁂

자신을 나카타 대위라고 소개한 그는 육군사관학교의 기수가 4기 늦은 사람이라고 했다. 첫인상은 검게 그을린 피부와 강인해 보이는 얼굴 생김새 덕에 전형적인 군인으로 보기에 충분했다.

그는 나와 간단한 인사를 끝내고 나서 나의 책상 위로 다섯 권의 서류철을 내려놓았다.

"인수인계 서류입니다."

"생각보다 양이 적군."

동경의 야전포병학교 교관과 교도연대의 중대장을 할 때는 각각의 직책에서 이것에 네 배 정도가 되는 인수인계 서류를 받았었다. 그중에는 중복된 내용도 있었고, 불필요한 내용도 있었다.

그런데 나카타 대위가 내 앞에 내려놓은 서류는 양이 적었다. 양이 적다는 건 서류를 누락시키고 대충 가져왔거나 서류 정리를 잘해서 깔끔하게 정리가 되어 있거나 둘 중의 하나란 뜻이다. 나는 후자이길 바라면서 그에게 물었다. 만약 전자라면 그에게 계속해서 서류를 요청해야 했다.

"제가 전임 선임 장교님에게 받은 자료들을 정리하였습니다. 혹 전임 선임 장교님의 자료가 필요하시면 가져다 드리겠습니다."

"아닐세, 놔두게. 일단 이 서류들을 살펴보고 나서 필요한 게 있다면 다시 말하겠네."

나카타 대위가 돌아가고 나서 그가 가지고 온 서류들을 살펴보았다. 혹 정리가 제대로 안 된 것이면 어떡하나 하면서 살펴보았는데, 일목요연하게 잘되어 있었다.

내가 처음 보았던 그의 인상에 똑똑함까지 추가해야 할 것 같았다. 보통의 군인들은 몸으로 하는 것을 좋아하고 서류 정리를 대충하는 경우도 많이 있었는데, 그는 훈련도 열심히 하고, 서류 정리도 잘하는 군인으로 보였다.

물론 그가 아직 훈련하는 것을 보지는 않았지만, 팔뚝의 잔근육만 보아도 그가 대충할 것 같지는 않았다.

지금까지의 정보만으로는 군인으로서 갖춰야 하는 덕목을 다 가지고 있는 엘리트 군인으로 보기에 충분했다.

하지만 보통 이렇게 똑똑하고 일을 열심히는 장교들이 높은 곳을 바라보기 시작하면 군내 정치에 적극적으로 개입하는 정치군인이 될 가능성이 컸다.

나카타 대위가 정리해 놓은 서류들 덕분에 내가 해야 할 일들을 빠르게 파악할 수 있었다.

서류들을 살펴보다 이마와 등에서 흘러내린 땀이 군복을 적셔서 찝찝한 기분에 에어컨이 무척이나 그리워졌다.

사무실에 있는 나카타 대위와 스즈키 중위는 익숙한 것인지 아무렇지 않게 서류를 봤다.

사무실 안에는 선풍기가 기름칠이 다되었는지 쇠를 긁는 소리를 내면서 돌아가고 있었고, 사무실의 모든 창문을 활짝 열어서 바람이 들어왔다.

창문 밖으로 보이는 연병장에는 사무실에 처음 왔을 때 보았던 군조가 어제 막 입교한 교육생들을 훈련하고 있었다. 교육생들은 연신 바닥에 누웠다 일어났다 하면서 먼지를 일으켰고, 그들의 얼굴은 먼지와 땀이 뒤범벅되어서 새까맣게 변해 있었다.

보고 있던 서류를 잠시 내려놓고 창문가에 서서 그들이 훈련하는 것을 지켜보았다.

"이렇게 굼떠서 어떻게 포병이 되겠다는 것인가! 너희 조센징들은 언제나 몸을 굴리고 맞아야지만 말을 듣는 것이냐?"

한참 훈련인지 얼차려인지 알 수 없는 훈련을 하고 있던 군조의 입에서 귀에 거슬리는 말이 튀어나왔다. 마음 같아서는 지금 당장 불러다 호통을 치고 싶었으나, 그렇게 하는 것은 그에게도 또 이 사무실의 다른 사람들에게도 나에 대해 반감을 품게 할 수 있는 일이라 지금은 넘어가기로 했다.

땀으로 샤워를 한 듯 찝찝한 군복과 기분을 머릿속에 지우고 다시 일을 몇 시간 하고 나니 바깥이 조용해졌다.

훈련병들의 앓는 소리도, 군조의 고함도 또 저 멀리 고참 교육생들이 곡사포와 대공포 훈련을 하는 기계 소리, 사격 소리도 멈춰 조용해졌다.

창문 밖을 바라보니 이미 교육생들을 해산시킨 것인지 교육생들의 모습은 온데간데없었고 사무실로 들어오는 군조가 보였다.

"군조."

"핫!"

사무실로 들어오는 군조를 내가 부르자 그는 움찔하더니 큰 소리로 대답하고 나의 자리로 뛰어왔다.

"자네가 신입 교육생의 훈련을 담당하고 있지?"

"그렇습니다!"

"원래 신입 교육생이 들어오면 저렇게 훈련을 시키는 건가? 내가 가지고 있는 훈련 계획서에는 첫날엔 포병의 개념과 역할에 대해서 포괄적 개념을 설명하게 되어 있는데 말이야."

낮에 그가 교육하는 것을 보고 나서 일본에 있을 때 포병 교육을 할 때와 훈련 계획서가 다른 것인가 찾아보니 일본과 똑같았다.

일본에서는 몸을 이용해서 힘들게 훈련을 하고 군기를 잡는 것은 첫 신병훈련소에서 하는 일이고, 교육대대로 넘어오고 나면 몸으로 구르는 것보다는 실무, 즉 포를 쏘는 기술을 연마하는 것이 주였다.

물론 중간에 군기가 빠지거나 하면 포신을 들게 해서 얼차려를 준다거나 하지만, 어제 입소한 이들이 그 짧은 시간에 이런 더운 날씨에 저 정도로 심하게 훈련을 받아야 할 정도로 잘못했다는 건 말이 되지 않았다.

"……사, 사실 그게, 조센징들은 이렇게 굴려야 말을 잘 듣는다고, 그리고 조센징들은 빠가야로ばか やろう들이라 잘못 알 듣는다는 전임 선임 장교님의 말에 따라서 훈련을 행하였습니다."

"조센징? 빠가야로?"

말 그대로 조선인이라는 뜻이었지만, 통용되는 뜻은 욕일 뿐이었다. 나 역시 그가 말하는 조센징의 한 사람이기도 했다.

"그, 그게……."

그는 내가 조선인이라는 생각이 들었는지 말을 더 하지 못하고 더듬거리기 시작했다.

조센징이란 말 자체도 문제였지만 그 뒤에 붙은 '빠가야로' 역시 문제였다.

그가 말을 더듬거리기 시작하자 사무실에서 자신들의 업무를 보던 스즈키 중위와 나카타 대위 그리고 행정병들까지 모두 하던 일을 멈추었고, 의도하지는 않았으나 나에게서부터 시작된 다운된 분위기가 온 사무실을 가득 채웠다.

"그럼 나 역시 조선 출신이니 나도 나가서 교육을 받아야겠구먼?"

"그, 그게 아니라……."

"자네는 상관에게 말끝을 흐리라고 배웠는가? 나와 다른 교육을 받았나 보군."

"아닙니다, 대위님! 죄송합니다!"

"군조, 이름이 뭔가?"

"가와다케 이에스입니다!"

"가와다케 군조, 나 역시 자네가 말하는 조센징이니까 어디 한번 나에게도 똑같이 교육을 해 보게."

"……송구합니다! 명령을 거두어 주십시오!"

"아니지 아니야, 자네의 그런 태도가 지금 천황 폐하를 욕보이고 있다는 것을 알고는 있는가?"

"네?"

군조는 나의 말에 당황한 듯 식은땀을 흘리면서 이게 무슨 말인가 파악을 하지 못하고 있었다.

"천황 폐하께서 칙서로 이미 내지(일본)와 조선이 하나가 되었음을 발표하고 모든 사람을 황국의 신민이라고 공표하셨는데, 이런 행동을 하다니 말이야. 거기다 저들은 이미 훈련소를 졸업한 황국의 황군이 아닌가? 그러니 천황 폐하의 명을 거역하는 것이 아니고 무엇이냔 말이야."

원래의 마음과는 조금 달랐지만 많은 일본 군인들 사이에서 그를 나무랄 수 있는 명분을 만들기에 충분한 말이었다.

나의 말에 군조가 무언가 크게 잘못되었다는 것을 느꼈는지 아무런 말도 하지 못한 채 서 있었다.

사무실 안에 울려 퍼지던 군조의 목소리가 없어지자 사무실은 바늘 하나가 떨어져도 들을 수 있을 정도로 조용해졌다.

그런 침묵을 깬 사람은 나도 가와다케 군조도 아닌 다른 사람이었다. 조용하던 사무실에 의자를 끄는 소리를 내면서 나카타 대위가 자리에서 일어났다.

"이우 대위님, 제가 설명을 드리겠습니다. 이쪽으로 잠시 가셔서 말씀하셨으면 좋겠습니다."

나카타 대위가 조심스럽게 나에게 말했다. 그는 이들이 다 있는 곳에서 할 이야기는 아니었는지, 사무실에 딸려 있는 비문을 보관하는 방을 가리키면서 말했다.

어찌 보면 내가 오기 전까지 잠시이지만 이곳의 책임자였던 그였기에 그의 말을 무시하는 것은 좋지 않을 것으로 생각되어서 나도 자리에서 일어나 방으로 갔다.

"자리에서 대기하게."

내가 방으로 들어가자 나카타 대위가 나를 따라 들어오면서 나의 자리에 부동자세로 서 있던 군조에게 말했다.

사무실의 문이 닫히고 나서 나카타 대위에게 말했다.

"말해 보게. 자네가 생각하기에 내가 잘못된 지적을 한 것 같은가?"

"아닙니다. 하신 말씀 중에 틀린 부분도 없었고, 군조 역시 잘못한 게 있었습니다. 하지만 전임 장교셨던 야마모토 중좌님이 와서 새로이 신설된 교육이었습니다. 그분은 그들이 조선이어서가 아니라, 포병이 되어서 무거운 탄을 들고 유사시에 견인포를 사람의 힘만으로 옮겨서 보병들을 지원하기 위해서는 강인한 몸과 마음을 만들어야 한다고 생각하셨습니다. 그래서 이런 훈련을 참모님도 인정하셨습니다. 그런 중좌님의 지시를 가와다케 군조가 조금 잘못 이해한 것 같습니다."

"야마모토?"

"네, 전임 선임 장교가 야마모토 중좌님이십니다."

야마모토라는 이름을 듣자 이우의 기억 속에 있던 기억 파편 하나가 떠올랐다.

"내가 아는 그 포병학교의 쇼텐구 야마모토 중좌님이 맞는 것인가?"

"그러합니다."

그의 말을 듣자 이 모든 게 이해가 되었다. 야마모토 중좌는 3년 전 소좌 시절 동경 포병학교에서 교관을 하였던 사람이었다. 일명 쇼텐구, 뾰족한 코를 가진 텐구, 일본 설화에 등장하는 괴물인 텐구라 불렀다. 그가 뾰족한 코를 가지고 있었기 때문이다.

그가 텐구라고 불린 이유는 교육생들을 무지막지하게 굴리는 것으로 유명해서였는데, 직접 만나 본 적은 없었지만 그는 포병, 아니 군인이라면 강인한 육체와 정신을 가지고 있어야 한다고 믿는 사람이었다. 그래서 원래는 육체적인 훈련이 적은 포병학교에서 육체적인 교육을 강조하다 학교장과 뜻이 달라서 전출된 것으로 유명했다.

그렇다면 조선인이고 일본인이고의 문제가 아니라 모든 교육생을 굴렸을 것이다.

"그분이 그런 교육을 하는 것은 알고 있지만, 군조가 이야기했던 조선인이라서 굴려야 한다는 말은 무엇인가? 야마모토 중좌께서 그렇게 말했다는 것인가?"

"그 부분은 아마 군조가 조금 잘못 이해한 것으로 생각됩니다. 야마모토 중좌님께서는 군인, 포병이라면 강인한 육체를 갖춰야 한다는 말만 하셨습니다. 그리고 오늘 있었던 교육생의 훈련은 아직 대위님께서 새로운 훈련 지침을 내리지 않은 상태라 야마모토 중좌님 때에 했던 방법을 그대로 한 것이니 너무 나무라지 않으셨으면 좋겠습니다."

나카타는 최대한 나를 자극하지 않으려는 게 눈에 보일 정도로 차분하고 조심스럽게 말을 했다.

하지만 여기서 내가 조용히 넘어가는 것도 조금 문제가 있었다. 훈련 방법에 대해서는 내 지침이 없어서라고 쳐도 그의 말은 짚고 넘어가야 했다.

"훈련은 알겠네. 하지만 군조가 잘못한 말에 대해서는 징계를 할 것이네."

"그의 말이 잘못되었다는 것은 저도 들어서 알고 있습니다. 이 부분은 저에게 맡겨 주신다면 군조에게 적당한 처분을 하도록 하겠습니다."

선임 장교인 내가, 그것도 전입해 온 지 2일 만에 부사관에게 징계를 내리는 일이다. 못할 것 없었지만, 이왕이면 이러한 문제가 없는 것이 더 좋기는 했다. 이런 상황에서 나카타 대위의 말은 충분히 이해할 만했다.

"그리하도록 하게, 그리고 훈련 내용은 훈련 계획서에 있는 대로만 진행하도록 준비하게."

"그리하겠습니다, 대위님. 그리고 오늘 있었던 일이 사무실 밖으로 나가지 않도록 단속하겠습니다."

나카타 대위의 말은 자신이 단속하겠다는 뜻으로도 볼 수도 있지만, 나도 그렇게 해 달라는 뜻이었다. 오늘 있었던 일을 덮어 달라는 것이다.

나카타의 제안을 들으면서 그가 참 똑똑한 사람이라는 것이 느껴졌다. 그의 제안은 내가 직접하는 것보다는 나와 군조 둘 모두에게 좋은 일이었다.

내가 하였으면 나는 공식적으로 징계를 주었을 것이고, 그렇게 되면 군조는 군 생활 기록에 좋지 않은 징계가 남을 것이었다. 지금의 나의 마음이라면 칙령위반죄로 엮어서 군사재판에 회부할 생각이었다.

그러면 나 역시 아마 내지인이라는 우월감을 가진 일본 출신의 장교, 부사관 들에게 조선인을 챙기고 일본인 부사관을 탄압한 사람으로 소문이 날 수도 있는 부분이었다.

나는 군조를 불렀을 때 이 정도의 소문은 감수할 생각이었기에 개의치 않았는데, 나카타가 이러한 부분을 챙겨 주니 그의 말대로 하기로 했다.

문을 열고 나와 나는 내 자리로 돌아왔다.

내가 나오자 군조가 급히 자리에서 일어났다. 그런 군조를 나카타가 밖으로 데리고 나갔다.

"스즈키 중위."

"네, 대위님!"

"최근 1년간의 교육생 교육 기록들을 가지고 오게."

스즈키 중위는 나의 말에 한쪽에 서 있는 철제 사물함에서 서류 한 뭉치를 가지고 왔다. 그 서류에는 야마모토 중좌가 동경 포병학교에 있었을 때 했던 훈련 방법과 똑같은 훈련이 기록되어 있었다.

"미친놈……."

나의 입에서는 욕설이 튀어나왔는데, 내가 포병학교에서 교관을 하였던 기간과 그가 교관을 하였던 기간이 달라서 소문으로만 들었던 것을 직접 눈으로 확인하니 특설부대와 버금갈 정도로 많은 육체적 훈련들이 기록되어 있었다.

가와다케 군조에 대한 징계는 포병참모가 부대로 복귀하면 10일간 근신을 하는 것으로 정리되었다. 교육생들의 훈련 역시 대본영에서 내린 훈련 계획을 그대로 진행을 하는 것으로, 전문적인 포병 교육 위주로 바뀌었다.

참모 역시 나의 뜻에 동의했는데, 그는 포병에게 필요한 만큼의 육체 훈련만 하자는 주의였다. 다만 전임 선임 장교였던 야마모토 중좌가 본토에서도 워낙 악명 높은 인물이었고, 이미 진급 경쟁에서 안 좋은 점수를 받은 그가 부하인 선임 장교와 마찰을 만들어 잡음을 만드는 게 부담스러워서 그냥 야마모토 중좌의 뜻을 따라 주었다고 했다.

꽃무늬

"이름이 어떻게 되는가?"

첫날 인상 깊었던 미나미 이누코라는 교육생을 포병병과에서 회의실 겸 면담실로 사용하는 방으로 불러서 물었다.

"미나미 이누코입니다."

면담실은 사무실과 따로 분리된 곳으로, 사무실에서 볼 수 있는 창문이 하나 있기는 하였으나 말하는 건 들을 수 없는 구조였다.

이등병 계급장을 달고 있는 조선인 교육생은 약간 머뭇거리며 사무실의 군인들과 자신의 앞에 앉아 있는 나의 눈치를 살피며 대답했다.

"이름 말일세, 그게 이름인가?"

내가 다시 한 번 이름을 물어보자 그는 무슨 말을 하는지 모르겠다는 표정으로 나를 바라봤다.

"원래의 이름이 무엇인가 물어보는 거야. 이딴 거 말고."

책상 위에 올려져 있는 미나미 이누코의 병적기록부를 가리키면서 말하자 그제야 내가 무슨 말을 하는지 이해하고 대답했다.

"최정훈입니다."

"집은?"

"명동입니다."

"명동? 그럼 경성이 고향인 건가?"

정훈은 경성에도 명동이 있느냐는 표정으로 나를 보았다.

"아닙니다. 고향 역시 명동입니다."

잠시 내가 알고 있는 명동과 그가 알고 있는 명동이 다른 곳인가 하고 생각을 했다. 그러다 윤동주가 태어났던 명동촌이 생각이 났다. 내가 생각하고 있던 경성에 있는 명동은 아직 없다는 것을 떠올렸다.

"간도에 있는 명동촌을 이야기하는 것인가?"

"그렇습니다."

"먼 곳에서 왔네. 그곳에서 징집되었다면 만주국으로 갔을 것인데 어떻게 이곳까지 내려왔는가?"

"경성에서 학교를 마치고 고향으로 돌아가는 길에 징집되었습니다."

"명동이 고향이면 윤동주 군을 알고 있는가?"

그는 나에게서 아는 이름이 나와서인지 숙이고 있던 고개를 들어 나의 눈을 보면서 대답했다.

"대위님께서 동주를 어찌 알고 계십니까?"

나의 질문에 대답만 하던 최정훈이 처음으로 내게 질문을 했다.

"그가 미국으로 간 것은 알고 있나?"

"높은 사람의 도움으로 나라를 위해서 미국으로 갔다는 것을 들었습니다."

그는 일본을 위해서 또는 조선을 위해서라는 주어가 없이 나라를 위해서라고 말했다. 윤동주가 누구의 도움을 받아서 미국으로 갔는지 알지 못했다면, 일본을 위해서 미국을 갔다고 이해할 수도 있는 말이었다.

"내가 그 사람일세."

나의 이름을 알지 못했던 것인지 아니면 나의 이름은 알고 있었지만 내가 그 이우인지 몰랐던 것인지, 나의 말이 끝나자마자 이정훈은 튕기듯 자리에서 일어났다. 그리고 어정쩡한 자세로 말했다.

"대, 대인."

"자리에 앉게, 보는 눈이 많이 있군."

그가 빠르게 일어난 탓에 그가 앉아 있던 의자가 뒤로 넘어져 사무실과 방 사이의 벽을 쳤고, 그 소리에 사무실에 있던 사람들이 전부 방에 있는 창문을 봤다. 몇몇은 교육생이 난동을 부린 것인가 하고 자리에서 일어나 이곳으로 오고 있었다.

그런 그들에게 손을 들어서 아무 일도 아니란 것을 알리고 최정훈에게 말하자, 그는 자신의 잘못을 알아채고는 급히 의자를 원래대로 세워서 자리에 앉았다.

"뵙게 되어서 영광입니다, 대인."

처음에는 교육생이 장교를 대하는 태도로 고개를 살짝 숙였던 최정훈은 이번에는 대단한 사람을 보아서 영광이라는 듯 고개를 숙이며 대답했다.

"괜히 그런 식으로 말해 봐야 주위의 이목만 끌 뿐이네."

"그리하도록 하겠사옵니다, 대인."

"또 그렇게 말하는군. 밖에서는 그러지 말도록 하게."

"알겠습니다. 하면 혹시 저를 이곳에서 빼내 주시는 것이 옵니까?"

내가 윤동주를 미국으로 보낸 속사정까지 알고 있을 정도로 동주와 친한 인물이었던 건지 아까의 절망스러운 눈빛은 사라지고, 반짝이는 눈으로 자신에게도 기회가 찾아오는가 하면서 물어 왔다.

"이곳을 나가고 싶은가?"

"전 조선 사람입니다. 어깨 위에 이것을 다는 것 자체가 치욕입니다."

최정훈은 자신의 어깨 위에 있는 일본 육군의 이등병 계급 장을 가리키면서 말했다.

대화를 길게 하지는 않았지만, 그가 이야기하는 표정과 태 도만 보아도 진심이라는 것이 느껴졌다.

처음 내가 예상했던 대로라면 최정훈을 파악하고 진의를 알아내는 데 더욱 시간을 들여야 했지만, 윤동주라는 교집합 덕분에 쉽게 그의 마음을 파악할 수 있었다.

그 역시도 내가 윤동주에게 했던 말을 전해 들었는지 내가 어떤 일을 하고 있는지 알고 있었다. 그래서인지 바로 자신 을 빼내 줄 수 있는지 물었다.

"나에 대해서 얼마나 알고 있나?"

이야기를 하다 보니 내가 알지 못하는 최정훈이라는 인물 이 나에 대해 많이 알고 있다는 게 조금 위험하다는 생각이 들었다.

윤동주가 누군가의 도움으로, 아니 높은 사람의 도움으로 미국을 갔다는 것을 알고 있는 것. 여기까지는 문제가 되지 않았다.

하지만 그 도움을 준 인물이 이우이고 내가 조선의 왕족이라는 것까지 알고 있다는 건 문제다. 내가 하는 일들이 발각될 가능성이 커지고 비밀이 가장 중요한 지금 나의 생명 혹은 나와 관련된 모두가 위험해질 수 있는 일이었다.

"동주가 우리와 뜻을 같이하는 높은 사람의 도움으로 조선을 위해 미국에 간다고 했습니다. 지금 같은 시기에 조선을 위해서 인재를 양성한다니 뻔한 것 아니겠습니까? 그 일을 하는 것이 대인이라고 알고 있습니다. 대인에 대해서 알고 있는 것은 그게 전부이옵니다."

다행히 윤동주가 나에 대해서 전부 이야기한 것은 아닌 것 같았다. 대략적으로 이야기한 것으로 느껴졌다.

"그런 이야기를 할 정도면 윤동주 군과 많이 친했나 보군."

"고향에서부터 같이 공부를 하였었고, 연희전문학교까지 같은 학교에 다녀 많이 친했습니다."

"나에 대해서 또 알고 있는 사람들이 있는가?"

"제 주위에는 없습니다. 동주가 저에게 그런 이야기를 했던 이유는 저 역시 대인을 찾아가 자신과 뜻을 함께하였으면 해서였습니다. 저에게 꿈 몽 자가 쓰인 종이도 함께 보내면서 긴자에 있는 요정을 찾아가 자신의 이름을 말하고 대인을 찾으라고 했습니다. 평소 동주와 자주 이야기를 하였던 부분이 독립된 조국에 대한 것이었습니다. 그런 동주가 빛을 찾았다고 연락을 해 왔습니다. 명동의 가족들에게는 공부를 하기 위해서 잠시 딴 곳으로 간다고 이야기한 것으로 알고 있습니다. 대인이 걱정하시는 것이 무엇인지 알고 있사오나, 동주나 저나 이런 일을 아무에게나 이야기하고 다니지 않았사오니 심려치 마십시오."

내가 비슷한 질문을 연속해서 하니 왜 이런 질문을 하는지 알아차린 듯 대답했다.

"왜 동경으로 찾아오지 않았는가?"

윤동주가 나에게 보내려고 했던 인물이 왜 오지 않았는지가 궁금해서 물었다.

"찾아갔사오나, 동주가 이야기하였던 유메라는 이름의 요정이 없었습니다. 이곳저곳 수소문을 해 보았으나 요정이 문을 닫았다는 것만 알 수 있었고, 어디에도 대인을 만날 방도가 없었습니다."

그가 하는 이야기를 듣고서야 왜 나를 만나러 오지 못했는지 이해가 되었다. 그리고 학교의 졸업 시즌이 아닌 8월에 집으로 가다가 징집을 당했다는 말도 이해가 되었다.

전문학교 졸업은 12월에서 1월 사이에 하는데, 8월까지 경성에 있었던 것이 설명이 됐다.

"저는 어떻게 하면 되겠습니까?"

최정훈은 이미 나와 뜻을 함께하겠다고 마음을 먹은 것인지 비장한 얼굴로 물어 왔다.

"열심히 훈련을 받도록 하게."

"훈련을 말입니까?"

내가 하는 말이 이상하다고 느꼈는지 바로 되물어 왔다.

"지금 군에는 제대로 된 군사훈련을 받은 인재들이 부족하네. 이곳에서 하는 포병 교육은 본토와 동일하게 높은 수준의 교육이니 훈련에 전념하도록 하게."

내가 말하는 군이 일본군을 뜻하지 않는다는 것은 그도 나도 알고 있었다.

"네, 알겠습니다."

그는 대답하고 나서 나에게 경례를 한 후 밖으로 나갔다.

그가 나가고 나서 다른 교육생들도 면담하였는데, 최정훈만큼 세세한 이야기는 하지 않고 어떠한 생각들을 가졌는지만 파악을 했다.

조선인이지만 나와 뜻을 다르게 가지고 있는 사람들도 많이 있어서 무턱대고 아무에게나 함께하자고 말을 했다가는 위험했다. 어떤 면에서는 일본인보다 조선인이 더 위험할 수도 있었다.

"제가 몇 분의 선임 장교님을 거쳤지만, 교육생들까지 일일이 면담하시는 분은 처음 뵙는 거 같습니다."

면담을 마치고 자리로 돌아오니 내 책상 바로 앞자리를 쓰고 있는 나카타 대위가 말했다.

운현궁의
주인

"이곳에서 내가 파악한 내 주요 임무는 교육생들 교육이더군. 그래서 면담을 하는 것일 뿐이네. 동경 포병학교에서도 각각의 중대장들이 일일이 면담을 하니 별반 다르지 않다고 생각하네. 아니, 오히려 중대장이 관할하는 인원에 비하면 훨씬 적어 일은 편하군."

"아무래도 우리 부대가 전투부대가 아니고 후방 지원부대라 교육이 주 업무이기는 합니다. 하지만 이렇게 열정적으로 일하시는 분은 처음 뵙는 것 같습니다. 보통 조선사령부라고 하면 전방으로 가기 위해서 잠시 거치는 곳이거나, 진급 누락된 장교가 오는 한직이라는 인상이 강하니까요. 아, 물론 선임 장교님이 그렇다는 것은 아닙니다."

나카타 대위는 이야기하다가 내용 중에 한직이라는 표현이 나의 기분을 거스를 수 있다고 생각했는지, 마지막에 말을 덧붙였다.

"아닐세, 지금 이곳은 전투부대도 아니고 그렇다고 권력의 중심에 있는 곳도 아니니 한직이 맞지. 괜찮으니까 신경 쓰지 말게."

나는 정말로 그의 말을 신경 쓰지 않았으나, 나카타는 나의 말에 더욱 신경이 쓰이는 눈치였다. 굳이 그런 것을 풀어줄 필요는 느끼지 못해 오늘 일을 마무리하고 퇴근 준비를 했다.

내가 운전을 하면 부대 내까지 차를 가지고 들어올 수 있었지만, 일반인의 출입을 엄격히 통제를 해 차가 입구에서 기다리고 있었다.

　병사와 부사관 한 명이 근무를 서는 위병소로 다가가자 경례를 해 왔다. 그들의 경례를 받고 밖으로 나가자 김돌석이 차를 세워 놓고 서 있었다. 그는 내가 나오는 것을 보고는 뛰어와 나의 가방을 받았다.

　"오래 기다렸는가?"

　"아닙니다, 전하."

　"집에는 별일 없는가?"

　"오늘 공비마마께서 아기씨들과 함께 낙선재를 방문하시고 오셨습니다."

　경성에 온 첫날 인사를 드리고 난 후 가지 않았었는데, 수련이를 대비마마에게 보여 드리기 위해서 간다고 아침에 말하더니 다녀온 것 같았다.

　"종로로 가세."

　"알겠습니다, 전하."

　김돌석은 부대가 있는 용산에서 종로를 가는 길은 운현궁을 지나서 가야 하는데 운현궁이 아닌 종로로 가자는 나의 말에 잠시 멈칫했다가 곧바로 자신의 잘못을 알아채고 대답하며 출발했다.

차는 용산에서 출발해 서울역을 지나 운현궁, 종묘를 거쳐 종로로 향했다. 곧 몇 번 와 본 적 있어서 길을 알고 있던 종로 1정목 5번지 앞에 섰다.

내 차가 선 바로 앞에도 나의 차만큼이나 고급인 검은색 세단이 서 있었는데, 이곳이 경성에서 이름을 날리고 있는 양복점이라는 걸 느낄 수 있었다.

차가 가게 앞에서 서자 김돌석이 운전석에서 내려 차 문을 열어 주었고, 성심양복점이라고 적혀 있는 가게 안에서 직원 한 명이 뛰어나와 나에게 인사를 했다.

"어서 오십시오. 성심을 방문하신 것을 환영합니다."

처음 보는 직원이었는데, 그의 인사를 받고 나서 안으로 들어가자 바깥에서 보이는 가게 앞쪽에는 사람이 없었다. 그 뒤로 돌아가니 큰 거울 앞에 서서 가봉된 옷을 입어 보고 있는 사람과 전에 보았던 테일러가 눈에 들어왔다.

내가 그 공간으로 들어가자 테일러가 먼저 인사를 했고, 그 후에 자신의 옷 태를 보고 있던 사람도 나를 발견하고는 인사해 왔다.

"오랜만입니다, 동지."

"일제에 의해 가장 많은 현상금이 걸려 있는 약산께서 이 먼 곳까지 오시느라 고생하셨겠네요."

나에게 인사를 한 인물은 코와 턱에 없던 수염을 만들어

붙인 약산 김원봉이었다.

　지난번에 상해에 갔을 때 결과가 좋지 않았는데, 중경의 제국익문사를 통해 그에게서 연락이 왔고 그의 요청으로 오늘 만나기 위해서 이곳으로 왔다.

　오늘 만날 때 지난번처럼 존대를 해 줘야 하는가 아니면 그처럼 나도 하오체를 써야 하는가 잠시 고민을 했는데, 내가 유리해졌다고 바로 말투를 바꾸는 건 너무 소인배처럼 보일 것 같았다. 그리고 존대한다고 해서 그 안의 내용이 바뀌지는 않을 것이어서 존대를 해 주었다.

　"동지와 이야기를 하고 싶은데, 동지가 내가 있는 곳으로 오지 못하니 내가 와야지 않겠소? 뜻을 함께할지도 모르는 동지와 이야기를 하는데 누가 가고 누가 오는 거야 무슨 상관이오. 그리고 오랜만에 경성에 돌아오니 이런 신문물도 만나고 좋지 않소?"

　태연하게 대답하는 김원봉이었지만 그의 속내는 이미 잘 알고 있었다.

　협상은 누가 패를 더 많이 쥐고 상대를 잘 파악하고 있느냐에 따라 결과물이 판이하게 달라진다.

　상해에서는 나의 패가 적었고 또 김원봉의 상황에 대해서 정보가 충분치 않아서 대화를 주도적으로 하지 못했다면, 지금은 반대 상황이었다. 나는 그에 대해 거의 모든 부분을 파악하고 있었고, 그는 나의 패를 잘 알지 못했다.

나를 거절했던 사람이, 그것도 일본에 의해서 1백만 원이라는 상상을 초월하는 현상금이 붙은 그가 내가 중경을 가는 것과는 비교도 안 되게 위험한 경성행을 택했다는 것은 중경에서의 일들이 자기 뜻대로 되지 않는다는 뜻이었다.

중경에서 요원들을 양성하고 있는 제국익문사 요원들을 통해서 이미 김원봉이 이끌던 조선의용대가 광복군으로 합류했고 광복군 제1지대장이라는 직책을 받았다는 것을 들었다. 임정 내에서 그의 입지가 좁은 것도.

그리고 이시영 선생을 통해 광복군 제1지대장 직책에서 조만간 승진시켜 부사령관으로 만들 것이라는 이야기까지 알 수 있었다. 말이 승진이지 실질적으로는 부대를 지휘하는 지휘관에서 참모로 내려 병사 지휘의 실권을 빼앗을 계획을 세우고 있다고 했다.

임시정부의 여당인 한국독립당과 김구는 임시정부 내에서 영향력이 강했고 사회주의 계열인 김원봉의 조선민족혁명당의 힘은 약했다.

또 이미 많은 사회주의 계열의 인사들이 마오쩌둥이 이끄는 중국공산당이 있는 화북 지역으로 이동했기에, 국민당의 직할 지역인 중경에서 김원봉의 힘은 제한적일 수밖에 없었다.

물론 그가 골수 사회주의자는 아니라는 것이 제국익문사의 결론이었지만, 좌우 어느 쪽에도 확실하게 속해 있지 않은 것은 반대로 말하면 어느 쪽에서도 환영받지 못한다는 뜻이었다.

그런 그가 고군분투를 하며 바쁜 와중에 먼 곳인 경성으로 엄청난 위험을 무릅쓰면서까지 왔다는 것은 자신의 상황이 좋지 않다는 걸 알고 있다는 뜻이었다.

"양복을 하나 원하시면 내가 선물을 하죠."

가봉된 옷을 거울에 비춰 보면서 만족스러운 표정을 짓는 김원봉에게 말했다.

"내 돈으로 이미 하나 맞췄으니 괜찮소, 동지."

"경성까지 양복 하나 맞추자고 오신 것은 아닐 테고, 나에게도 약산에게도 이곳에 오래 머무는 것은 도움이 되지 않으니 본론으로 들어가시죠."

약산이 나의 말에 고개를 끄덕이는 것으로 대답해 나는 태일러에게 눈짓으로 지시를 내렸다.

태일러는 그 지시에 거울이 달린 문을 열어 주었고, 우리는 그 방 안으로 들어갔다.

방 안에는 두 사람이 들어가서 이야기할 만한 충분한 공간이 있었다. 나와 김원봉이 방 안으로 들어가자 바깥에서 문을 닫았다.

"이곳까지 왔다는 것은 나와 함께할 생각이 있다는 뜻인가요?"

기 싸움을 하고 서로를 떠보면서 이야기하기에는 제약이

있었다. 이곳에서 오랜 시간 있는 게 위험했기에 나는 바로 본론을 꺼내었다.

"그대가 나에게 이야기했던, 왕실이 중심이 되어 독립운동을 하고 후에는 우리 민족끼리 평등한 나라를 만든다는 생각은 아직도 변함이 없소?"

내가 평등한 나라를 만든다고 그에게 이야기를 했나 생각을 해 보다 정확히 기억이 나지 않아서 다른 방식으로 대답했다.

"사대부와 대지주의 나라였던 조선과는 다른 독립된 나라, 모든 국민, 즉 우리 민족을 위한 나라를 만들 것이라는 생각은 변함이 없어요. 하지만 그 나라가 마르크스주의나 레닌주의라 불리는 공산주의를 추구하진 않을 거예요."

공산주의가 아니라는 부분을 말할 때 목소리에 힘을 주어서 공산주의는 절대 안 된다는 점을 못 박았다.

"마르크스니, 레닌이니 하는 공산주의는 자세히 모르오. 단지 내가 원하는 나라는 저 일제로부터 독립해 만인이 평등하고 누구나 노력하면 밥 굶지 않고 살아갈 수 있는 곳이오. 동지가 만들고자 하는 나라는 그런 나라요?"

그는 공산주의 따위는 신경도 쓰지 않는다는 표정으로 대답했다.

"내가 만들고자 하는 나라는 집안의 배경이 좋다거나 부모가 돈이 많으면 그의 자식은 힘들이지 않고 출세를 하고, 돈이 없는 부모를 가졌으면 아무리 노력해도 출세하지 못하는 나라가 아닙니다. 누구나 노력하면 부자가 되고, 또 누구나 노력하면 나라의 재상이 될 수 있는 나라를 만들 생각이에요. 사대의 예도, 반상의 법도도 아닌 인간의 존엄성 그리고 국민을 최고의 가치로 여기는 나라가 내가 생각을 하는 나라예요."

사실대로 모든 것을 말하려면 왕실의 존속에 관해서도 이야기하여야 했지만, 지금은 때가 아니었다. 겨우 그가 나의 말을 경청하고, 또 나의 뜻에 함께할 생각이 있는 지금 굳이 갈등이 생길 수 있는 부분을 이야기하지는 않았다.

"국민을 위한 나라라……. 허울뿐인 이야기가 아니었으면 좋겠소."

"내가 소망하는 나라이지만 나뿐만 아니라 나와 함께 가는 모든 사람들이 같은 소망을 가지고 노력하고 있습니다. 김원봉, 당신도 나와 함께 같은 길을 걸어갈 것이오?"

그가 나를 만난 이유, 또 내가 그를 만난 이유가 되는 마지막 한마디였다. 이 한마디를 하면서 나의 말투는 변했다. 나는 강한 어조로 이야기하며 손을 내밀었다.

약산은 나의 말에 잠시 고민에 빠진 얼굴이 되었다가 이내 결심을 하였는지 나의 손을 맞잡으면서 대답했다.

"미약한 힘이나마 동지가 꿈꾸는 세상을 만드는 걸 죽음에 이를 때까지 돕도록 하겠소."

죽음을 막연하게 생각하는 나와 다르게 약산 김원봉은 죽음을 자신의 옆에 두고 사는 사람이었다. 그가 말한 죽음이라는 단어는 엄청난 무게감으로 나에게 다가왔다.

"동지, 사진기는 없소?"

그의 말에 대해서 곱씹어 보고 있던 나에게 김원봉이 뜬금없이 말했다.

"사진기요?"

"그렇소."

내가 놀라서 되물어보자 그는 오히려 더욱 이상하다는 듯 물어 왔다.

"갑자기 사진기는 왜 찾으시는 거예요?"

"사진기야 당연히 사진을 찍기 위해서 찾는 것이지 않겠소?"

그는 나의 질문에 더욱 이상하다는 듯 물어 왔다.

"글쎄요. 저는 사진기가 없는데, 밖의 직원에게 물어보아야겠군요."

이야기를 하고 나서 양복점의 직원에게 물으니 뒤쪽 집으로 들어가서 독리에게 이야기하면 줄 것이라는 대답이 돌아왔다.

사진기가 있느냐고 물어 오는 김원봉도, 또 이 생뚱맞은 질문에 자연스럽게 대답하는 테일러도 이상하다는 생각이 들었으나 잠시 접어 두고 통로의 문을 열고 안으로 들어갔다.

마당으로 들어가자 평상에 앉아 작은 곰방대를 한 손에 들고 담배를 피우고 있던 독리 감청천이 나를 발견하고는 자리에서 일어나 무릎을 꿇으면서 인사를 했다.

"신 감청천 전하를 뵈옵니다."

"오랜만이에요. 이쪽은 알고 있죠? 약산 김원봉 선생이에요."

"익히 알고 있습니다. 조선 팔도에 울려 퍼지는 약산 선생의 이름을 어찌 모를 수가 있겠습니까?"

독리는 나의 소개에 웃으면서 대답하고는 그에게 다가가 악수를 청했다.

"이쪽은 여기 성심양복점을 관리하는 사람이에요."

처음에 그에 대해서 뭐라고 소개해야 하나 생각하다 그냥 떠오른 대로 소개했다. 음지에서 일하는 그의 직함을 곧이곧대로 알려 줄 이유는 없다고 생각되어서였다.

제국익문사 자체는 이미 중경에서 많은 사람을 교육하면서 알려졌지만, 요원 개개인의 신상까지 알려지는 것은 경계했다.

약산 역시 별다른 표현 없이 웃으면서 인사를 했다.

독리에게 사진기가 있는지 묻자 바로 한쪽 방으로 안내했다. 방 안은 평범하게 장롱 하나 그 위에 이불과 베개가 있었고, 한쪽에는 병풍이 쳐져 있었다. 아홉 폭으로 구성된 병풍은 보통 한쪽 구석에 글씨가 있고 가운데 그림이 있는 것과 다르게 아홉 장 모두 산과 나무, 동물 그림이 실로 수놓아져 있었다.

독리는 나와 약산이 모두 방으로 들어오자 마지막으로 들어오며 문을 닫았다.

"전하, 이곳에서 찍으실 것이옵니까?"

독리가 나에게 물어 왔다. 뭐 특별한 배경이 필요한가 하는 생각이 들었지만, 사진기를 찾은 사람은 김원봉이어서 그를 바라봤다. 그러자 그가 독리에게 대답했다.

"그렇소, 동지."

독리는 김원봉의 대답에 고개를 끄덕이고는 병풍이 세워져 있는 반대편의 벽 한쪽 구석에 손을 넣었다. 그러자 그가 손을 넣은 부분에서부터 작은 균열이 보이더니 판자 한 장이 뜯겨 나왔다. 그 판자 속에서 커다란 사진기와 삼각대 그리고 플래시가 차례로 나왔다.

독리는 사진기를 꺼내고 나서 병풍으로 가 가운데 위치한 세 폭을 중심으로 양쪽의 두 폭에 있는 그림의 한구석을 잡더니 잡아당겼다. 원래 그림이 수놓아져 있던 천이 뜯기고 속에서 지금의 태극기와는 조금 다른 태극 모양이 회오리로 되어 있는 태극기가 드러났다.

독리는 거기서 멈추지 않고 세 장의 천을 더 뜯어내 총 네 장의 그림이 드러나도록 했다.

양옆으로 똑같이 바깥쪽에는 태극기가 있었고, 세 장을 중심으로 안쪽에는 대한제국 황실을 뜻하는 오얏꽃 문장이 황금색 실로 수놓아져 있었다. 마치 가운데 수놓아져 있는 산을 오얏꽃 문장이 감싸 안고 그 바깥으로 태극기가 호위하는 듯 보였다.

"여기 가운데 서시면 됩니다, 전하."

내가 가운데로 섰고 그 옆에 김원봉이 섰다. 우리가 같이 서자 독리는 삼각대 위에 올려진 사진기 뒤에 달린 천 속으로 들어갔다. 그러곤 한 손에는 플래시를 들고 사진기 안에서 말했다.

"하나, 둘, 셋, 찍습니다."

퍽 소리를 내며 눈이 부실 정도의 빛이 순간 빛났다 사라졌다.

"전하, 사진은 어떻게 하면 되겠습니까?"

영문을 모르고 찍은 사진을 어떻게 할지는 찍자고 제안한 김원봉이 알 거 같아 그를 바라보자 그가 나 대신 대답했다.

"이곳에서 찍은 사람들의 사진을 보관하는 곳이 있소?"

마치 이곳에서 누가 사진을 찍었었는지 알고 있다는 듯 김원봉이 독리에게 물었고, 독리도 별달리 놀라지 않고 대답했다.

"그렇소."

"그럼 그곳에 보관해 주시오."

독리는 김원봉의 말에 알겠다 대답하고 사진기를 챙겨서 원래 있던 곳에 정리하기 시작했다. 나와 김원봉은 그런 독리를 놔두고 밖으로 나와 양복점으로 돌아가기 위해서 통로로 들어갔다.

통로를 지나면서 김원봉에게 궁금했던 것을 물었다.

"사진을 가져갈 것도 아니면서 왜 사진을 찍자고 하셨나요?"

"사진을 뭐하러 가지고 다니겠소. 동지는 우리가 사진 찍는 것을 이상하게 생각하는 거 같은데, 나 같은 사람은 언제 죽을지 모른다오. 이곳을 벗어나서 경성을 벗어나기 전에 죽을 수도 있소. 그래서 이 순간이 소중하오. 그리고 동지 같은 사람과 달리 나와 함께하는 사람들은 조국을 위해서 목숨을 내던졌지만, 역사도 조국도 기억하지 못하오. 역사가 기억하지 못하니 우리들의 후손만이라도 이런 사람들이 조국을 위해서 목숨을 내던졌다는 것을 기억해 주었으면 해서 사진으로나마 남기는 것이오. 아마 이곳에서 찍은 사람들 역시 우리와 똑같은 이들일 테고, 그래서 어떻게든 후손들에게만 전해지면 되니 그에게 맡긴 것이오."

김원봉은 별것 아니라는 듯 말했지만, 그의 내용은 전혀 가볍지 않았다. 그의 말은 나의 가슴을 울리고 반성하게 했다.

대한제국이 없어지고 30년이 넘는 세월 동안 수많은 국민이 죽어 나갔고, 독립을 위해서 노력했다. 하지만 내가 알고 있는 독립운동가는 실제 독립운동을 한 숫자에 비하면 조족지혈이었다. 그가 우려했던 것이 미래에서는 현실이 된 것이었다.

독립운동가들이 이 시대에 절대 싸지 않은 가격의 사진기와 필름으로 사진을 찍는 것이 뜻하는 바를 다시 한 번 생각하게 됐다. 그리고 금방 찍은 그 방에서 사진을 찍었을 제국익문사들의 요원에 대해서도 다시 한 번 생각하게 됐다.

나는 단순히 그들을 경성의 사무 한 명 함경도의 사기 한 명 상해의 상임통신원 한 명 같은 숫자로만 알고 있었다. 그들 역시 대한제국을 위해서 목숨을 던져 일하는 사람들이었지만, 나는 단순히 숫자 한 명으로만 생각하고 있었다. 그리고 그들을 어떻게 늘릴까만 생각했지 그들이 어떤 고생을 하고, 이 정보들을 어떻게 모았을까에 대해선 전혀 생각하지 않았다.

"내가 약산 그대가 했던 일에 대해서 꼭 기억하도록 하겠어요. 또 그대와 함께하는 사람들, 나와 함께하는 사람들을 꼭 기억하겠어요."

밖으로 나가려던 김원봉은 그 말에 고개를 돌려서 나를 봤다.

"저 역시 대한제국의 황족인 전하가 우리와 함께 독립을 위해서, 또 2천만 동포들을 위해서 노력했다는 것을 기억하겠습니다."

김원봉은 처음으로 나에게 동지가 아닌 전하라고 이야기했고 말투 역시 존댓말로 바꾸었다.

3장

"さん, に, いち, 激発!"

뜨거운 햇볕 아래에서 기수의 구령에 맞춰서 사수들이 일제히 격발장치를 잡아당겼고, 105밀리 견인 곡사포가 불꽃과 연기를 뿜어내며 발사되었다.

3주간의 노력이 보여 주듯 발사된 포탄이 하나의 탄착점을 향해 쏟아져 내렸다.

실전이라면 최소 하나 이상의 산을 넘어 몇 킬로에서 몇십 킬로 밖의 보이지 않는 지역을 목표로 발사하는 것이 포병의 역할이다. 하지만 지금은 훈련 중임을 고려해 발사를 하고 난 이후 바로 결과를 확인할 수 있도록 포대가 있는 산에서 바로 맞은편에 있는 산에 표시된 곳을 향해서 발사했다.

"이때까지 지나간 교육생 중에서 이번 기수가 가장 능력이 뛰어난 것 같군요."

교육생들이 수료하기 전 마지막 포병 훈련이어서 참석한 포병참모가 옆자리에 앉아 있는 나에게 말했다.

"12기 교육생들의 교육 열의가 강해서 교육 성과도 좋은 것 같습니다."

12기가 최정훈이 속해 있는 기수였다. 그리고 그들 사이에 세 명의 동조자들이 더 있었다. 열 명의 교육생 중에서 네 명만이 나와 함께할 사람들이었다. 그런 그들이 속해 있는 12기의 교육 성취도는 교육 목표를 아주 많이 상회했다.

"이 기수가 이우 대위가 오고 나서 교육한 기수가 맞지요?"

"예, 그렇습니다."

"이들이 기존의 교육생들이나 후배 기수보다 뛰어나단 이야기는 들었는데, 눈으로 보니 확실히 차이가 크군요. 이들은 이미 몇 번의 전투를 겪은 포병들과 비교해도 손색이 없을 정도예요. 특별히 뛰어난 이유가 있을까요?"

포병참모는 무표정한 눈과는 반대되게 미소를 입에 걸고 말했다.

"안 그래도 12기 교육생들이 다른 기수보다 교육 성취도가 높아서 그 이유를 확인하는 중입니다."

차분히 이야기하는 포병참모가 나를 꿰뚫을 듯 보았지만,

그런 시선을 담담히 받으면서 대답했다.

12기의 교육 성취도가 높은 이유는 다른 누구보다 내가 잘 알고 있었지만, 그대로 말할 수는 없었다.

나 역시 12기 전체가 성취도가 높은 것에 약간 의아하기는 하였으나, 네 명의 동기가 열심히 하니 다른 동기들 역시 그들에게 자극을 받아 마치 러닝메이트가 된 듯 함께 실력 향상이 된 것이라 여겼다.

"그래요. 그런 부분들을 확인해서 다른 교육생들 역시 같은 성과를 낼 수 있도록 해 '대동아공영'을 이룩하는 데 일조할 수 있도록 하세요."

포병참모는 그 말을 마지막으로 자리에서 일어나 부대로 돌아갔다.

참모가 가고 나서도 1시간 정도 더 훈련이 이어진 후 끝이 났다.

교육생들은 포병이라는 장점으로 관악산 근처에 있는 사격훈련장에서 용산에 위치한 부대까지 곡사포 견인 차량을 타고 부대로 이동했다. 보병 부대가 사격 훈련을 마치고 행군으로 부대에 복귀하는 것에 비하면, 길이 좋지 않아 1시간 정도 흔들거리며 가야 하는 것은 달콤하게 느껴질 정도로 편했다.

부대에 복귀하고 일과가 끝날 무렵 해가 저물어서 어둠 속에 빠져들었다. 모두 퇴근하여서 조용한 사무실에 혼자 남아 낮에 사격 훈련을 하노라 하지 못했던 사무 자료 정리를 하였다.

상급 부대로 보내야 하는 훈련 성과표를 정리하는데 다른 서류 한 장이 눈에 들어왔다.

교육생 배치 계획서
발신 : 대본영 육군부 총무과 제1부 제1과 과장
전달 : 조선군 사령부 인사과 인사담당자
수신 : 조선군 사령부 포병과 교육담당자

하나. 12기 포병 교육생 中 6명은 20사단에 배치한다(세부 내용 : 여수 중포병연대에 2명, 부산 중포병연대 4명).

둘. 12기 포병 교육생 中 4명은 19사단 직속 포병연대로 배치한다.

셋. 배치 인원은 교육담당자가 선별 후 배치한다.

내가 포섭한 인원이 있는 12기에 대한 자대 배치 명령서였다. 보통 사단에서 계획을 보고하면 대본영에서 검토 후 다시 명령서가 내려오는 형식이었다.

지금 내 책상 위에 있는 것이 대본영에서 검토 후 내려온 명령서다. 이제 내가 이 명령서에 가야 하는 인원들을 적으면 끝이다.

함경도 나남에 위치해 소련군의 동향을 감시하고 방어하는 부대인 19사단으로 최정훈을 포함해서 나의 뜻에 동참한 이들의 이름을 적어 넣었다.

19사단이 아닌 20사단으로 배치되는 인원이 여섯 명 이상이어서 나의 사람들을 조선 남부 지방으로 보내게 되면 원래의 계획에서 차질이 생겨 인원이 적게 나올 때를 대비해서 보완 계획을 생각하고 있었는데, 19사단으로 가는 인원이 딱 맞게 나와 안심하고 적었다.

똑똑.

서류에 이름을 작성하고 있을 때 사무실의 문을 두드리는 소리가 들렸다. 내가 들어오라고 답을 하자 최정훈이 사무실의 문을 열고 들어와 내가 앉아 있는 자리 옆으로 와서 섰다.

"이쪽으로 앉지."

최정훈은 나의 말에 근처에 있던 의자를 가져와서 앉았다.

"야포 사격은 많이 적응되었는가?"

"그렇습니다."

"남은 시간 동안 군사훈련에 관한 걸 최대한 많이 기억해 그곳으로 가서 쓸 수 있도록 하게. 그리고 19사단에 도착해서 조용히 생활하고 있으면, 내 사람이 찾아갈 것이네. 그의 말에 따르면 되네."

그에게 이야기하면서 작은 나뭇조각 하나를 건넸다. 그 나뭇조각은 제국익문사가 임무지로 나가면서 지니는 일종의 신분증이었다. 호이초虎耳草 문양이 양각돼 있는 것으로, 제국익문사 요원들이 신분증과 문서에 도장으로 사용하는 것이었다.

호이虎耳, 즉 호랑이의 귀를 닮아 제국익문사가 황제의 귀라는 뜻으로 사용한 문양이었다. 특히 호이초는 고산 지역대의 험난한 기후에서도 그늘지고 습한 지역에서 자라는 풀이었는데, 그 풀과 같이 제국익문사가 어둠 속에 숨어서 활동하는 것을 상징했다.

최정훈이 제국익문사의 요원은 아니었지만, 요원들과 접선 시에 신분을 확인하기 위해 주었다.

요원들이 들고 다니는 나뭇조각에 있는 호이초의 줄기와 꽃의 크기 꽃의 개수에 따라 요원의 직급과 임무지를 알아볼 수 있었는데, 최정훈에게 준 것은 임시증이어서 한 줄기의 꽃만 있었다.

"감사합니다."

최종훈은 비장한 표정으로 내가 건넨 나뭇조각을 품속으로 갈무리하고 이어서 말했다.

"제가 그곳으로 가면 어떤 일을 하게 되는 것입니까?"

"그곳에 가면 나와 뜻을 함께하는 사람들이 많이 있네, 그들과 함께 우리가 원하는 것을 이루기 위해서 일해 주면 되네."

큰 틀에서는 그 역시 광무군의 일원으로 독립을 위해서

싸우겠지만, 세부적인 일은 내가 정하는 것이 아니었다. 광무군의 지휘관인 곽재우가 필요한 곳에서 일하도록 할 것이었다.

꿰

최정훈과의 면담을 끝내고 집으로 출발했다. 부대 앞에서 언제나처럼 김돌석이 나를 기다리고 있었다.

그런데 그의 뒤에 차량 두 대와 익숙한 얼굴들이 함께 있었다. 김태식과 종로서 소속의 형사들이었다. 한국에서 나의 경호 및 감시를 맡은 인물들이었는데, 차마 군부대 안까지는 들어오지 못하고 군부대 앞에서 나를 기다리고 있었다.

"저들은 계속해서 이곳에 있었던 것인가?"

차를 타고 운현궁으로 돌아가는 차에서 운전하는 김돌석에게 물었다.

"아침에 전하가 부대로 들어가시고 나서 소인이 궁으로 돌아가면 한 대는 소인을 따라오고, 한 대는 이곳에 남아 있었사옵니다."

"알아보라고 한 것은 어찌 되었는가?"

김돌석은 나의 말에 전차가 지나가는 것을 기다리는 사이 자신의 품속에서 작은 종이를 꺼내어서 나에게 주었다.

"수직사에 상주하고 있는 인원은 총 스무 명이고, 다섯 명씩 4교대로 운현궁 안을 감시하고 있습니다. 그리고 지금 따라다니는 이들은 여섯 명으로, 이들은 전하만을 전담하는 인원들이옵니다. 전하가 궁으로 돌아오시면 이들 역시 수직사에서 대기하였다가 전하가 움직이시면 함께 움직이는 것으로 파악되었습니다."

김돌석은 나의 지시에 따라서 그동안 내가 움직이거나 할 때 나의 감시와 운현궁의 감시 상태에 대해서 파악했다.

그가 건네준 종이에는 운현궁 내를 감시하는 형사들의 교대 시간과 감시 루트가 상세히 기록되어 있었다. 교대는 일정한 시간에 하지만, 감시하는 구역은 형사에 따라서 또 날짜에 따라 세부적인 내용이 조금 달랐다. 하지만 큰 부분에서 어느 건물에 위치해 있는지는 알 수 있었다.

"김태식에 대해서도 파악했는가?"

"그 부분은 독리의 도움을 받았사온데, 마지막 장에 있사옵니다. 김태식 경부는 항상 운현궁에 있는 것은 아니옵고, 전하가 휴일같이 특별한 외출을 할 것으로 예상되는 경우에만 운현궁에 머물렀습니다. 오전에 전하가 출근하시고 나면 종로서로 돌아가서 업무를 하는 것으로 파악되었습니다."

김돌석의 말대로 마지막 장에는 김태식이 한 달 동안 움직인 부분이 서술되어 있었다. 그가 현재 어떤 수사를 진행 중에 있고, 나의 감시를 어떻게 하는지 적혀 있었다.

또 한 가지 의외였던 것은 나에 대한 감시 보고서를 조선총독부가 아닌 일본의 궁내성으로 직접 보고한다는 것이었다.

그 부분에서 김태식이 나를 감시하는 일로 조선에서뿐만 아니라, 일본 제국의 권력 중심으로 진출하고 싶어 한다는 느낌을 받았다.

집으로 돌아오자마자 김돌석에게 받은 종이를 머릿속으로 집어넣고 처리를 하기 위해서 시월이에게 주었다.

겨울에는 방 안에 화로가 있어서 직접 태우는 것으로 비밀 문서들을 처리했는데, 여름에는 집 안에 화로를 놓지 않아 없애야 하는 문서들은 시월이가 가지고 가 부엌 아궁이에 넣어서 처리했다.

노락당에서 일을 정리하고 저녁을 먹기 위해서 이로당으로 넘어가자 이제 많이 자라고 몸에 힘이 생겨서 자리에 앉아서 기어 다니는 수련이와 청이가 나를 반겼다.

아이들과 함께 놀아 주고 나서 가족과 함께 저녁을 먹었다.

"오늘은 이곳에서 잘 거야."

찬주는 나의 말에 대답하고는 자리에서 일어났다.

9시가 넘어 아이들이 잠자리에 들고 나자 찬주가 검은 양복 한 벌과 검은색 큰 천을 가지고 왔다.

"오늘은 늦게 돌아오세요?"

경성에서 내가 이로당으로 와서 자는 경우는 이로당에 있는 비밀 통로로 외출하기 위한 것이라는 걸 알고 있는 찬주가 물어 왔다.

"일을 마치고 돌아오면 새벽녘이나 될 것 같아. 기다리지 마."

예전에 외출했다 왔을 때 그 시간까지 잠들지 않고 기다린 게 기억나 말을 하자 찬주는 말 대신 미소로 대답했다. 물론 내가 직접 겪은 것은 아니고, 조각난 원래 이우 공의 기억 속에 있는 부분이었다.

이로당 지하 통로는 사용한 지 오래되어서 거미줄과 진흙 같은 오물들이 많이 있었다. 그런 것이 옷에 묻게 되면 거리를 다닐 때 이목을 끌 수 있어서 검은색 두꺼운 천을 옷 위로 뒤집어썼다.

신발도 검은색 덧신을 신어서 더러워지지 않도록 하고, 찬주의 배웅을 받으며 이로당 중앙에 있는 마당으로 나갔다.

찬주와 인사를 하고 마당으로 나 있는 문이 전부 닫히고 나서야 마루 밑에 있는 통로로 들어가기 위해서 아래로 기어 들어 갔다.

입구를 가리기 위해서 놓여 있는 돌을 옆으로 치우고 나서 통로로 들어갔다.

안에는 작은 등이 하나 놓여 있었는데, 주머니에 챙겨 온 성냥으로 불을 붙이고 나니 사람 한 명이 겨우 지나갈 수 있을 정도의 크기에 끝이 보이지 않는 긴 통로가 드러났다.

발소리가 나지 않게 조심히 10분 정도 걸어가자 통로의 끝부분이 나왔다.

　가지고 온 등을 통로 옆에 있는 돌 위에 올려놓고 쓰고 온 천과 신발을 덮은 천을 정리하여서 등 옆에 두고 주머니에 있는 시계를 꺼내었다. 운현궁을 감시하는 사람들이 교대하는 시간이 10분 정도 남아 기다리다가 시간이 되었을 때 등의 불을 껐다.

　불을 끄고 나니 통로는 칠흑 같은 어둠으로 뒤덮였다. 아무것도 보이지 않는 어둠 속에서 손으로 더듬어 한쪽에 있는 손잡이를 잡아서 밀어내자 돌 긁히는 소리가 났다.

　생각보다 큰 소리에 놀라 힘을 줄여서 조금씩 밀어냈다. 어느 정도 밀어내자 딱 맞게 끼워져 있던 돌이 옆의 공간으로 들어가면서 밖으로 나갈 수 있는 작은 통로가 생겼다.

　통로로 나가서 돌을 다시 천천히 옮겨 덮어 통로가 보이지 않도록 만들었다. 그리고 주위를 둘러보니 왼쪽으로 수직사의 지붕이 보이고, 눈앞에 나의 키보다 큰 담장에 눈에 들어왔다.

　담장 옆에 조경되어 있는 바위를 밟고 담장 너머를 살펴 아무도 없는 것을 확인한 후 담장을 넘어갔다. 밖으로 나오니 운현궁 바로 옆길이 나왔다.

　빨리 벗어나기 위해 빠른 발걸음으로 이동하여서 종로와 경복궁을 잇는 큰 도로로 나왔다.

　그곳으로 나오자 한 청년이 나에게 말을 걸었다.

"동대문에서 선호당鮮虎黨을 운영하시는 최 대인이 맞으십 니까?"

여운형 선생이 운영했던 동대문에 있던 상점을 제국익문 사를 통해 가짜 신분으로 인수해 선호당이라는 포목점으로 개업했다. 돈을 벌려는 것보다는 나의 위장 신분을 위한 조 치였다.

스물일곱 살, 경상도의 대지주 아들로 아버지로부터 돈을 받아 경성에 포목점을 개업은 했으나, 가게는 직원들에게 맡 겨 놓고 음주, 가무 즐기고 다니는 한량. 내 사람인 점장을 제외하고는 사장의 얼굴을 알지 못한단 설정이었다.

"그러네."

"회장님이 모셔 오라고 하셨습니다."

"회장?"

회장이라는 말에 몽양은 공식적으로는 지금 회사를 가지 고 있지 않은데 무슨 회장인가 하면서 되물었다.

"상인연합회 회장님이신 몽양 선생님이 보내셨습니다."

청년의 말에 무슨 회장인지 이해가 되어 고개를 끄덕이자 그는 내가 가는 것을 동의했다고 생각했는지 앞장서 가면서 길을 안내했다.

종로 방향으로 잠시 걸어가다 골목골목으로 들어가기 시 작했다. 집 사이에 기와가 겹쳐져 있는 골목을 몇 번 지나고 나니 시멘트로 지어져 있는 건물 뒷골목이 나왔다.

중간에 한 건물로 들어갔다 후문으로 나오기까지 했다. 혹시나 있을지도 모르는 미행을 걱정하는 듯 조심히 발걸음을 옮겼다.

건물들 사이로 보이는 일본어로 되어 있는 화려한 네온사인 간판과 자동차 들이 이곳이 조선인들이 다니는 거리가 아닌 일본인들이 이용하는 거리라는 느낌을 주었다.

그렇게 30분 정도 허벅지가 약간 땅겨 올 정도로 걸으니 4층 건물의 후미진 뒷문에 도착했다. 청년은 말없이 문을 열어서 내가 들어갈 수 있도록 비켜섰다.

주황색 전등이 불을 밝히고 있는 통로로 들어가자 오른쪽으로 식기들이 쌓여 있고 아줌마 한 명이 일하는 주방이 나왔다.

주방을 지나니 통로에 한쪽 벽에 맥주가 든 나무 상자들이 쌓여 있었다. 통로 끝으로 다다르자 밖으로 나가는 문이 있고, 그 문틈으로 노랫소리가 들어왔다.

문에는 건장한 체격의 청년 한 명이 큰 상자를 의자 삼아 앉아 있었는데, 그의 옆 문에 있는 창문 사이로 밖을 보니 이곳은 술집인 것 같았다.

남자, 여자 들이 테이블에 앉아서 술을 마시고 있었고, 한쪽에는 밴드와 젊은 여성이 무대 위에서 노래를 부르고 있었다.

그 청년은 나를 보자 고개 숙여 인사를 한번 하고는 아무

말 없이 밖으로 나가는 문이 아닌 자신이 앉아 있던 상자를 밀어냈다. 그 뒤로 나무 문이 하나 나왔다 그 문을 여니 쪼그려 앉아야지 겨우 지나갈 수 있을 것 같은 통로가 나왔다.

그가 열어 준 통로를 쪼그려 앉아서 지나가니 지하로 내려가는 계단이 나왔다.

계단을 따라 내려가서 나무 문을 열고 들어가니 넓은 홀이 나왔는데, 그 홀에는 몽양 여운형은 비롯해서 열 명 정도의 사람들이 의자에 앉아 있었다.

"이곳까지 오시느라 수고하셨습니다, 전하."

문을 열고 들어오는 나를 발견한 몽양은 서서 무언가를 말하다 잠시 중단하고는 나에게 인사를 했다.

"이곳까지 오는 길이 복잡하군요. 이곳은 어딘가요?"

"혼마치에 있는 술집의 지하입니다. 이 건물은 일본인이 소유한 곳인데, 여기 박 사장이 임대해서 장사를 하고 있습니다. 그들은 이 지하에 이런 곳이 있으리라고는 상상도 못하겠지요."

몽양이 박 사장이란 말을 하자 한쪽 구석에 앉아 있던 2 대 8 가르마를 하고 양복을 입은 아저씨가 일어나서 고개를 숙였다.

"지하에 이토록 넓은 공간이라니, 나 역시 생각도 하지 못했어요."

지하의 공간은 열 평은 되어 보였다. 지하여서 창문이 없는 대신 곳곳에 주황색 전구들이 밝히고 있어서 전혀 어둡지 않았다.

"이쪽으로 오시지요."

몽양은 나의 말에 웃음으로 대답하고는 자신이 서 있던 자리로 나를 이끌었다. 그곳으로 가니 의자에 앉아 있는 사람들이 상기된 얼굴로 나를 바라봤다.

"이곳의 사람들은 전하에게 목숨을 맡긴 인물들이옵니다. 이쪽은 조선상인연합회의 부회장을 맡고 있는 박영규 사장입니다. 또……."

조선상인연합회를 비롯한 동대문에서 장사를 하는 상인, 함경도에서 보부상을 운영하는 상인, 종로에서 국밥집을 운영하는 상인, 요정을 운영하는 마담, 인력거를 끄는 인력거꾼, 상점에서 일하는 사환, 전문학교에 다니는 학생까지 독립을 위해서 나와 뜻을 같이하는 사람들이 모여 있었다.

"모든 이들이 오고 싶어 했으나, 이곳이 협소하고 그렇게 되면 조용히 모이는 것에 무리가 있어 각 모임에서 대표자를 뽑아 그들을 대표해 온 사람들이옵니다, 전하."

한 명 한 명 손을 맞잡아 가면서 인사를 하고 나니 몽양이 송구하다는 듯 멋쩍은 웃음을 지으면서 말했다.

"나로서도 모든 인물을 한번 만나 보고 싶으나 시국이 이러니 어쩔 수 없네요. 하지만 좋은 날이 오면 우리 모두 손을 맞잡고 기뻐하며 만날 수 있지 않겠어요?"

좋은 날이라는 표현을 하면서 나 역시 그날이 왔으면 좋겠다는 생각을 했다.

"그러하옵니다, 전하."

모두의 소개를 받고 나니 이곳에 있는 사람들이 나에 대해 모르지는 않겠지만 나 자신도 똑같이 소개를 해야겠다는 생각이 들었다. 그래서 여운형을 잠시 자리에 앉히고 말을 했다.

"저는 여러분들과 똑같이 독립된 조국을 위해서 노력하고 있는 이우라고 합니다. 망국의 책임이 있는 왕족으로서 여기 있는 여러분들에게 죄송하다는 말을 하고 싶네요. 왕실과 정치가들의 잘못 때문에 조선 팔도의 2천만 동포가 편안히 살지 못하고 이렇게 고생을 하게 되었습니다. 그 부분 다시 한번 고개 숙여 사과드립니다."

내가 말을 다 하고 나서 허리를 숙여서 사과하자 몇몇의 얼굴에는 당황한 기색이 보였다.

대한제국이 없어졌다고는 하나, 대한제국 시대를 겪어 온 사람들은 왕족에 대한 경외심과 두려움을 가지고 있었다. 그런데 내가 고개 숙여서 사과를 하니 많이 당황스러운 것 같았다. 특히 요정의 마담과 상인회를 대표해서 온 나이가 있는 사람들이 더욱 그랬다.

"저, 전하, 어찌 그런 말씀을 하시나요……."

자리에 앉아 있던 사람 중 한 명이 자리에서 어정쩡하게 일어나며 말을 했다.

"아니요, 왕실의 잘못이 있었던 것은 누구도 부정할 수 없는 사실입니다. 그런 잘못의 결과를 모든 동포가 지고 있는 상황이니 꼭 사과를 해야 하는 부분입니다. 모두에게 사과하여야 하지만 지금은 불가능하니 여기 있는 여러분에게만이라도 사과를 하고 싶네요."

말을 마치고 잠시 숨을 돌리니 앉아 있던 모든 사람이 찬물을 끼얹은 듯 조용해져 침울한 표정을 지었다.

분위기를 바꾸기 위해서 다시 입을 열었다.

"이렇게 자리를 마련한 이유는 여러분들을 직접 만나고 싶었기 때문입니다. 조국을 위해 목숨 걸고 노력하는 여러분들에게 직접 감사한 마음을 전하고, 저 역시 여러분들과 함께한다는 것을 직접 보여 드리고 싶었습니다. 그러니 조금 힘드시더라도 우리 모두를 위해서 함께해 주셨으면 좋겠습니다. 여러분들이 저에게 등을 돌리지 않는 이상, 저는 항상 여러분들과 함께할 것입니다. 제가 여러분들에게 약속할 수 있는 것은 5년 안에 새로운 세상을 만들겠다는 겁니다. 그러니 목숨을 소중히 하고, 힘들지만 함께 노력해 주시길 바랍니다. 여러분은 독립된 조국의 반석이 되어야 하는 분들입니다. 그러기 위해서라도 부디 목숨을 소중히 해 주세요."

나의 말이 끝났지만 아무도 말을 하지 않고 앉아 있었다. 내가 자리에 앉고 나서야 한두 명씩 박수를 치기 시작했다.

지하여서 그런지 박수 소리가 울려 크게 들렸다.

"이렇게 큰 소리를 내도 괜찮은 것인가요?"

말할 때는 생각하지 못하다가 큰 박수 소리에 혹시 밖에 이 소리가 들리면 어떡하나 걱정되어서 옆자리에 앉아 있는 몽양에게 귓속말로 물었다.

"괜찮습니다. 땅속으로 깊이 들어와 있고, 위층에 있는 카바레가 있어 음악 소리 때문에 이곳의 소리가 밖으로 새 나갈 일은 없습니다."

"그런가요? 이곳의 건물주가 일본인이라고 했는데, 어찌 주인이 이곳의 존재를 모르는 것인가요?"

처음 들어왔을 때 이 공간을 일본인들을 알지 못할 것이라는 이야기에 의문이 생겨 물었다.

"이 공간은 전하가 들어온 건물의 지하가 아니고 그 옆 건물입니다. 옆 건물은 제가 소유하고 있는데, 원래 있던 지하 창고를 반으로 나눠 만든 것입니다. 후에 박영규 사장이 카바레를 임대해서 개업할 때에 몰래 길을 만든 거죠. 전하와 함께하기로 마음먹고 나서 남의 이목을 피해서 모임을 가질 공간이 필요했기에 이곳을 만들게 되었습니다."

"고생하셨군요."

"이 정도는 아무것도 아닙니다. 앞으로 더욱 많은 일을 하기 위해서 터파기 공사를 하는 정도에 지나지 않습니다. 이 터를 잘 파고, 기초공사하고, 건물을 높고 견고하게 올리기 위해서는 앞으로 해야 할 일이 많습니다, 전하."

"그러하겠지요. 일단 앞으로 몽양이 국내에서 해야 할 일
들은 이곳에 적어 왔습니다."

여러 사람과 상의를 해서 만든 독립 전쟁을 위한 국내 준
비에 대해서 적어 놓은 작은 책자를 몽양에게 건넸다.

"벌써 이렇게 상세하게 준비를 하신 것이옵니까?"

"병풍에 그린 닭을 홰치게 만들려면 치밀한 준비를 해야지
요."

"하하, 그림 닭을 홰치게 한다라. 우리가 하는 일이 그 정
도로 힘이든 일이긴 합니다."

여운형이 자조적인 웃음을 지으면서 말했다.

병풍에 그려진 닭이 뛰어놀고 울게 한다는 것 자체가 불가
능한 일이지만, 지금 하는 일이 딱 그런 느낌을 들게 하였다.

처음에는 적당히 준비하면 되지 않을까 했지만 하나하나
피부로 와 닿는 데다 하나씩 준비를 하니 이것으로 과연 되
겠느냐는 막연한 두려움이 계속되었다. 하지만 나를 믿고 따
르는 사람들에게 그런 모습을 보일 수는 없었다.

"우리뿐만 아니라 이 어깨 위에 올려져 있는 2천만 동포를
생각하면 그 어떤 것이라도 불가능하지 않아요. 그러니 몽양
께서도 포기하지 말아 주세요."

"전하를 만난 일 자체가 저에겐 이미 병풍 속 닭이 홰를
치고 있는 것입니다. 그런 걱정은 안 하셔도 됩니다."

몽양의 말에 기운이 나면서 입에 미소가 그려졌다.

그 후 이곳에 모인 사람들과 이들이 조선에서 해야 하는 일들을 이야기하고 앞으로 어떻게 진행할 것인지에 대해 토론했다.

가끔은 앞으로 해야 하는 일의 처리 방법으로 논쟁이 오가기도 했지만, 최종적으론 독립 전쟁을 승리로 가져가겠다는 같은 마음을 가지고 있었기에 좋은 결과에 도달할 수 있었다.

"아, 그리고 아까 이야기하지 않은 부분이 있는데, 몽양께서는 알고 계셔야 할 것 같네요."

모든 이야기를 끝마치고 궁으로 돌아가기 위해 자리를 정리하다 몽양에게 귓속말을 했다.

"어떤 일 말씀이십니까?"

"일을 진행하다가 내가 죽었다는 소식을 접할 수도 있을 겁니다. 그렇다고 해서 일을 중단하면 안 됩니다. 거짓일 가능성이 크지만, 혹 진짜 내가 죽었다고 해도 이미 많은 사람이 진행하고 있는 일이니 동요하지 말고 끝까지 진행하셔야 합니다. 조선 안에서의 구심점은 몽양입니다. 그러니 의심하지 말고 진행하세요."

"어찌 그런 말씀을 하십니까? 전하께서 목숨을 소중히 하라고 말씀하시지 않으셨습니까?"

여운형은 당황스러운 표정으로 대답했다.

내가 생각해도 내가 죽는다고 말을 하는 것은 그에겐 아주 뜬금없는 이야기일 것이었다. 하지만 내가 생각하는 독립 전쟁의 시나리오에서는 꼭 필요한 일이었다.

"만약에 말이에요, 만약에. 그리고 내가 죽었다는 소식이 가짜라면 몽양의 집에 원백圓柏 나뭇조각이 배달될 것입니다. 그렇게만 알고 계시면 됩니다."

"향나무를 말씀하는 건가요?"

"그래요."

"알겠습니다. 그리하도록 하겠습니다. 전하는 2천만 동포의 길잡이십니다. 부디 보중하십시오."

나 역시 나의 목숨을 소중히 하고 싶었다. 앞으로 해야 할 일이 많았고, 의미 없이 죽고 싶지도 않았다. 여운형의 말을 곱씹고는 웃음으로 대답했다.

✲✲✲

외출하고 돌아오니 자라고 당부를 하였음에도 찬주는 잠들지 않고 책을 읽으면서 나를 기다리고 있었다.

"아……부지?"

내가 방 안으로 들어가는 소리에 잠에서 깬 청이가 일어나 나에게 다가왔다.

"깼어? 이리 와. 자고 있으라니까 왜 기다리고 있었어?"

잠에서 깨어나 자신의 침대에서 내려온 청이를 안아 들고
는 책을 읽고 있던 찬주에게 말했다.

"잠이 잘 안 와서 책 읽고 있었어요. 가셨던 일은 잘되셨
나요?"

"그럭저럭 생각했던 건 다 하고 왔어."

"오라버니가 하시는 일은 언제나 믿고 응원하고 있지만,
저는 그 어떤 일보다 오라버니가 안전하셨으면 좋겠어요. 청
이나 수련이 그리고 저한테는 오라버니만큼 소중한 것은 없
어요."

나와 함께 한 침대에서 자는 사람이다. 내가 독립 전쟁에
대해서 말하지는 않았지만, 그녀는 내가 무슨 일을 하고 있
는지 느끼고 있는 것 같았다.

"졸려……."

나의 품에 안겨서 따뜻한 체온을 나눠 주고 있는 청이가
목에 감겨 있는 손에 힘을 주어서 나의 품속으로 더 깊이 파
고들면서 중얼거렸다. 그런 청이의 등을 두드려서 다시 잠들
수 있도록 하면서 찬주에게 말했다.

"우리 모두를 위한 일이야. 꼭 하여만 하는 일이고……. 그
래도 조심하도록 할게. 너를 슬프게 하는 일은 없을 거야."

찬주에게 하는 말이기도 했지만 나 자신에게 하는 말이기
도 했다. 이들을 슬프게 하는 결과는 생각하지도 않았고 그
렇게 되지도 않을 것이다.

"피곤하실 텐데 어서 주무세요."

"일단 좀 씻고 올게."

나에게 안겨 있던 청이를 찬주에게 넘겨주고 욕실로 들어갔다.

노락당과는 다르게 이로당에는 청이도 있고 찬주가 생활을 하는 공간이라 공사를 하여서 침실에 욕실이 딸려 있었다. 노락당에서 씻을 때는 궁에서 일하는 사람들이 씻을 수 있게 준비를 해 주어야 했지만, 이곳은 그냥 들어가서 씻으면 되었다.

사람들과 모여서 회의를 했던 지하에는 제대로 된 환기 시설이 없었다. 그래서 많은 사람이 모여서 긴 시간 대화를 하다 보니 온도가 올라갔다.

9월이 되어서 한여름의 열기는 지나갔지만 아직 여름의 기운이 남아 있어 더웠는데, 환기가 제대로 되지 않는 지하에서 있어 땀을 많이 흘렸다. 또 지하의 길을 걸어오면서 묻은 먼지 역시 털어 내야 했기에 씻을 수밖에 없었다.

씻으면서 오늘 했던 대화 내용을 다시 떠올렸다.

독립 전쟁이 시작되는 날이 되면 가장 중요한 역할을 할 사람이 몽양이었다. 조선 안에서 조선인들을 이끌어서 일제히 준동하게 해야 했고, 그가 모으고 있는 민족 반역자들의 정보 역시 가장 중요한 부분이었다.

많은 군사가 밥을 먹고 생활하기 위해서는 많은 물자가 필요했고, 그런 물자들을 조달해야 하는 사람들 역시 여운형이 중심이었다.

그런 그가 나에게 당부했던 말이 떠올랐다. 절대 죽지 말라고, 자신이 지금 이 정도의 사람을 모을 수 있었던 이유는 내가 뒤에 있었기 때문이라고 했다.

중국에 있는 독립운동가들 사이에서 벌어지고 있는 이념 갈등이 조선 안에서도 똑같이 벌어지고 있다고 했다. 함께 협력해도 부족한 상황이어서 양쪽 세력을 다 규합해 보려고 했지만 안 됐다고 했다.

그런 여운형에게 빛과 같은 존재가 나였다고 했다. 대다수 조선인에게 왕실은 애증의 존재였다. 왕실에 대한 원망도 크지만, 그와 반대로 존경심과 존재감을 가지고 있는 게 왕실이었다.

몽양은 내가 경고했던 나의 부재에 대해서 큰 걱정을 하는 눈치였다.

내가 그림자 속에서 활동하는 것은 한계가 있었고, 조선 안에서 할 수 있는 일들도 한정적이었다. 단 한 가지 걱정되는 것은 내가 일본에서 벗어난 이후 가족들이 받을 위협이었다.

아직은 왕족이 독립운동의 전면에 서 있는 경우가 없었다. 그래서 왕족이 전면으로 나섰을 때 그 후폭풍에 대한 두려움이 있었다.

한 나라의 국모까지 죽인 일본이다. 시간이 지났지만 지금도 그런 일을 충분히 할 수 있는 나라가 일본이다.

어쩔 수 없는 일이라고는 생각하지만, 내 가족, 찬주와 아이들에 대한 걱정을 안 할 수가 없었다.

4장

　몽양과 함께 모임을 가지고 나서 일상 속에서 일하고 있을 때 시월이가 전보 한 장을 가지고 왔다. 전보는 소련에 있는 죽산 조봉암에게서 온 것이었다.

　접촉 완료. 불곰, 하이에나 관심 있음. 나뭇잎이 문제.

　긴 문장은 아니었다. 전보의 특성상 글이 길어지면 비용이 기하급수적으로 올라가기 때문에 짧은 문장에 함축적으로 적어 보냈다.

　조봉암을 소련으로 보내면서 그에게 지시했던 일 중 하나가 첫 단추를 끼운 것 같았다. 불곰 소련이 하이에나 일본에 관심을 가지기 시작했다는 것이다. 하지만 나뭇잎, 즉 일본 본토로 가는 배가 문제라는 뜻이었다.

36년 전 러시아제국 시절에 일본과 러시아가 전쟁을 했고, 러시아가 패배했다. 러시아로서는 자존심에 큰 상처를 입은 일이었다.

나라가 바뀌었지만 일본에 대한 반감은 지금도 가지고 있을 것이라고 예상했다. 그래서 조봉암에게 소련 지도부가 일본에 대한 관심을 가지게 만들라고 지시했다.

지금 당장은 독일과의 전쟁으로 많은 영토를 잃었고 후방에 있는 일본에 대해서 신경을 쓰고 있지 않았다. 일본과 맺은 소련-일본불가침조약도 있어서 더욱 신경을 쓰지 않고 있었다.

그런 소련의 지도부에 일본에 대한 관심을 불어넣는 것이 조봉암의 첫 임무였고, 그런 임무에 성공했다는 전보였다.

먼 거리와 적성국이라는 조건 때문에 연락을 잘하지 못했는데, 몇 개월 만에 온 연락이 희망적인 것이어서 기분이 좋았다.

앞으로도 조봉암이 해야 할 일들은 잘 알고 있었기에 답장은 따로 하지 않았다.

전보를 시월이를 통해 없애고 찬주가 생활하는 이로당으로 가니 이미 외출 준비를 모두 마치고 나를 기다리고 있었다.

외출복을 입고는 자리에 앉아 있는 수련이와 놀고 있는 청이, 그런 둘을 옆에서 바라보고 있는 찬주가 눈에 들어왔다.

수련이는 9개월에 접어들면서 이제 또렷한 표정으로 웃고, 잡고 일어나려고 했다. 오빠인 청이와 장난을 치는 것도 좋아했다.

내가 다가가니 수련이가 나를 가장 먼저 알아보고는 나에게 손을 내밀었다. 그런 수련을 품에 안아 올리고 찬주에게 말했다.

"바로 가면 되는 거야?"

"네, 아이들이랑 저는 준비 끝났어요."

"그럼 가자. 하야카와, 차량은 준비되어 있는가?"

집 안에서는 항상 나의 말을 들을 수 있는 위치에 있는 하야카와를 부르자 바로 대답이 돌아왔다.

"그러하옵니다. 차량을 준비해 놓았습니다, 전하."

궁의 주차장으로 사용되는 이로당과 수직사 사이의 공터로 가니 이미 차 네 대가 준비를 하고 있었다. 두 대는 우리 가족과 수행원들을 위한 차였고, 나머지 운현궁 정문 밖에서 대기를 하는 두 대는 우리의 경호원인 종로서 경찰들의 차량이었다.

차는 우리가 타자 운현궁을 벗어나서 동대문을 향해서 곧장 갔다.

"그럼 오늘은 조선인들만 모이는 건가요?"

찬주가 오늘 모임에 대해서 물어 왔다.

오늘은 여운형이 회장으로 있는 조선축구협회 주최의 축구 대회가 열리는 날이었다. 며칠 전 모임에서 이야기를 하다 조선에서 축구 대회가 열린다는 이야기를 들어 참석하기로 했다.

이 시대에 축구가 있었다는 것도 신기했고, 나 역시 고등학교 시절 축구를 좋아했기에 기쁜 마음으로 참석하기로 했다.

"주는 조선인이게 되겠지만, 일본인들도 있을 거야. 특히 감시하는 사람들이 많을 거라고 생각해. 일본인이 가장 두려워하는 게 조선의 민중이 모여서 기미년의 만세 운동 같은 일이 일어나는 거니까."

우리가 타고 가는 차는 우리 가족과 운전을 하는 김돌석만 있어서 편하게 대답했다.

"오늘 그런 일이 생길까요?"

"아니, 그런 일은 없을 거야."

"아이들도 함께 가는 거라……."

찬주는 말끝을 흐리면서 조심스러운 표정으로 말을 했다.

"걱정하지 마, 혹 그런 일이 생기더라도 아이들은 안전할 테니까."

나를 감시하기 위해서 따라다니는 종로서 경찰들이었지만, 그들의 임무에 나의 경호도 있었다. 혹시라도 혼란스러운 상황이 발생해도 아이들은 안전하게 할 것이다. 그리고 조선인의 중심에 몽양이 있는 이상 그런 일이 일어날 가능성은 없었다.

이야기하는 사이 차는 종로를 지나서 동대문운동장으로 들어섰다.

중일전쟁이 일어나면서 조선인이 모이는 대부분의 행사를 하지 못하도록 했던 일본이었는데, 여운형에게 중국과의 중재를 부탁하고 있는 입장이어서인지 아니면 그의 수완이 좋은 것인지 알 수는 없었으나 조선축구협회 주최의 대회를 할 수 있도록 허락해 줬다. 매년 해 왔던 전조선축구선수권대회보다는 규모가 작았지만, 3일에 걸쳐서 펼쳐지는 토너먼트 대회로 조선 안에서는 큰 이벤트였다.

오랜만에 열리는 조선인들의 모임이라 온 팔도의 조선인이 다 모인 듯한 기분이 들 정도로 동대문 운동장으로 가는 길목부터 사람으로 인산인해를 이루고 있었다.

길의 중앙까지 사람들이 차지하고 있어서, 가장 앞에 있는 경호 차량에서 사람이 몇 명 내려 길을 뚫으면서 갔다. 경호 차량의 경적 소리가 연신 울리자 겨우겨우 사람들이 비켜나면서 차 한 대 지나갈 수 있는 공간이 생겼다.

동대문까지 오는 데 15분이 채 안 걸렸는데, 운동장까지 가는 데에 1시간 가까이 소모해 겨우 들어갈 수 있었다.

귀빈용 출입구 근처에서 뒤를 돌아보니 운동장 밖에 많은 사람이 있었고, 곳곳에 임시 가판대를 펼쳐 놓고 군것질거리를 파는 사람들이 많이 보였다. 청이에게도 그런 것들이 보였는지 찬주에게 먹고 싶다고 칭얼거렸으나 찬주는 그런 청이의 부탁을 들어줄 생각이 없다는 듯 녀석을 달랬다.

수련이는 유모의 품에 안겨 있었는데, 태어나서는 처음 보는 많은 인파에 놀랐는지 유모의 품속으로 머리를 숨기고 있었다.

"어서 오십시오, 이우 공 전하, 공비마마."

주차장을 벗어나서 운동장으로 다가가니 몽양 여운형이 나를 맞이했다.

"몽양, 바쁘실 텐데 마중까지 다 나오셨네요?"

"전하를 마중 나오는 것보다 중요한 일이 무엇이 있다고 그러십니까? 이쪽으로 들어가시지요, 자리를 준비해 놓았습니다."

몽양의 뒤쪽으로 보이는 몇몇의 얼굴은 지난번 모임 때도 보았는데, 처음 보는 얼굴도 꽤 있었다.

여운형을 따라서 안으로 들어서자 운동장이 통로 사이로 보였다. 운동장 안에는 많은 사람이 앉아 있긴 했으나 아직 꽉 차지는 않았다. 조금 더 시간이 지나면 꽉 찰 것 같았다.

"아직 개회식을 시작하려면 시간이 남아 있습니다. 이곳에서 기다리셨다가 단상으로 올라가시면 될 것 같습니다, 전하."

몽양이 안내한 곳은 단상 아래쪽에 위치한 방이었다. 창문 사이로 운동장의 모습도 볼 수 있는 곳이었는데, 아이들을 배려해서 이곳을 준 것 같았다.

"몇 시부터 시작하는 것인가요?"

"한 식경 정도 있으면 시작할 것이옵니다. 여기 이 청년이 단상으로 가셔야 하는 시간이 되면 알려 드릴 것이옵니다. 축사는 개회사가 끝나고 바로 있사옵니다. 그리고 이 축구공은 이번 대회에서 사용하는 축구공과 같은 것으로, 내빈들께 기념품으로 드리고 있사옵니다."

몽양이 말을 하는데 보좌진으로 보이는 사람들이 계속해서 와서 그에게 귓속말을 했다. 지금 대회가 시작되기 얼마 전이어서 주최 측 회장인 여운형이 바쁠 텐데 이곳에 오래 있으면 안 될 것 같아서 말했다.

"고마워요. 바쁘실 텐데 어서 가 보세요."

여운형이 건넨 축구공을 받으면서 말했다.

"배려 감사합니다. 이따 단상 위에서 뵙겠습니다, 전하."

몽양이 나가고 나서 의자 위에 올라서서 밖을 구경하고 있는 청이에게 다가갔다.

"사람 정말 많다, 그치?"

많은 사람이 신기한 듯 연신 '우와, 우와' 소리를 치면서 창문 밖을 보고 있는 청이에게 물었다.

"응! 아부지, 저 사람들은 다 어디서 온 거야?"

"여기 경성에 사는 사람들이야. 오늘은 축구하는 것을 보기 위해서 이렇게 모인 것이고."

"축구?"

"응, 여기 이 공을 이렇게 차는 운동이야."

이곳으로 오고 나서 처음 보는 축구공에 오랜만에 트래핑을 하면서 청이에게 대답해 주었다.

원래 축구는 트래핑만 하는 운동이 아니지만 좁은 공간에서 아이에게 보여 줄 만한 게 이것뿐이어서 트래핑을 했다.

현대에서의 시간까지 따져서 거의 2년 만에 만지는 축구공이고 현대의 축구공보다 반발력이 약한 공이었다. 하지만 초등학교 때에는 학교 축구부에 활동할 정도로 나름 동네에서는 잘 찼었고 중고등학교 학창 시절 쉬는 시간마다 친구들과 했던 실력이 죽지 않았는지 생각보다 잘되었다.

"우와! 아부지 잘한다!"

청이의 감탄에 더욱 어깨가 으쓱해져서 빈 벽에다가 공을 차기도 하면서 가지고 놀고 있을 때 뜻밖의 목소리가 들렸다.

"이우 공이 이렇게 공을 잘 차는지 몰랐구려."

소리가 난 방향으로 고개를 돌리니 지치부노미야 야스히토 친왕이 서 있었다. 그를 보자마자 차던 공을 급히 잡고 인사를 했다.

"친왕 전하를 뵈옵니다."

내가 인사를 하자 같이 있던 찬주도 인사를 했다.

내가 트래핑하는 것을 신기하게 보던 청이도 어색하지만 나름 궁중의 법도에 따라서 자세를 취하며 인사를 했다.

"공도, 공비도 자세를 풀어요. 청이는 더욱 자랐구나?"

야스히토는 평소의 소탈한 성격답게 우리에게 말을 하고는 청이의 머리를 쓰다듬었다.

"경성에는 언제 오신 것이옵니까, 전하. 말씀을 해 주셨으면 제가 직접 마중을 나갔을 것인데 결례를 범한 것 같습니다, 전하."

생각지도 않은 사람이 갑자기 눈앞에 나타나서 잠시 혼란스러웠지만, 최대한 조심스럽게 이야기를 했다.

"오늘 아침에 경성에 왔네. 어차피 이곳에서 보게 될 것인데 굳이 번거롭게 오갈 것 없이 내가 기별을 넣지 말라고 했으니 신경 쓰지 말게."

야스히토 친왕은 방 가운데 있는 의자 상석에 앉아 수련이에게 웃으며 장난을 치면서 대답했다.

"축구 대회를 참석하시기 위해서 오신 것이옵니까?"

가지고 있던 축구공을 하야카와에게 넘겨주고는 찬주와 수련이가 앉아 있는 자리 맞은편에 앉은 후 이야기를 이어 나갔다.

"천황가 안에서 나만큼 운동을 좋아하는 사람도 없지 않은가? 전쟁 이후에 큰 대회들이 거의 열리지 않는 상황에서 조선에서 이런 큰 대회가 열린다고 하니 안 올 수가 있겠는가?
그건 그렇고, 이우 공이 이렇게 공을 잘 차는 줄 몰랐네. 오
늘 나가서 뛰어 보는 것은 어떻겠나?"

"과찬이시옵니다. 유년 시절에 공을 가지고 노는 것을 좋
아해 조금 하는 것이옵니다."

축구가 혼자 하는 운동도 아니었고, 내가 대회에 나가
서 뛴다는 게 말이 되지도 않아 멋쩍은 웃음을 짓고는 대
답했다.

물론 친왕도 농담으로 한 이야기여서 크게 신경을 쓰는 거
같지는 않았다.

야스히토 친왕은 잠시 앉아서 이야기하다가 담배를 태우
고 싶었는지 자리에서 일어났다.

이 시대에 보통 사람들은 담배를 아이들 앞에서 피우는 것
을 잘못된 일로 생각하는 경우가 거의 없었는데, 야스히토
친왕은 항상 아이들 앞에서는 담배를 피우지 않았다.

야스히토를 따라서 바로 옆방으로 갔다. 원래 야스히토가
사용하는 방이었던 것으로 생각되는 곳에서 그는 담배에 불
을 붙였다.

"이런 대회가 자주자주 열려야지 조선에도 운동 문화가 발
전할 것인데…… 총독부는 뭐가 그렇게 무서운 것이 많은지
원……."

담배를 한 모금 내뱉으면서 중얼거리듯 말했다.

"그래도 어떻게 이번 대회는 몽양 여운형의 노력으로 성사가 되었습니다."

"아, 그것 말인가? 원래 총독부에서 안 된다고 한 것을 우연히 알게 되어서 허가하도록 지시했네."

"전하께서 말씀이십니까?"

"조선인들이 모인다고 해서 일이 생길 것 같았으면 벌써 생겼을 것인데…… 운동한다고 모이는 게 뭐가 위험하다고 하는 것인지. 그래서 내가 참석할 것이니 허가를 하라고 했네."

야스히토는 별것 아니라는 듯 중얼거렸다.

그가 의도한 것인지는 알 수 없었으나, 야스히토가 힘을 써 준 덕분에 여운형이 민중 사이에서 더욱 인기를 얻을 수 있을 거라고 생각되었다.

결론적으로는 나의 계획에 도움이 되는 일이었다. 하지만 야스히토에게 그런 티를 내지는 않고 웃으면서 대답했다.

"저는 이 행사가 있다는 것을 며칠 전에 우연히 알게 되어 참석하였는데, 알지 못했다면 전하께서 오시는데 참석하지 않는 큰 결례를 범할 뻔했사옵니다."

"번거로울까 봐 말하지 말라고 했던 것인데, 이우 공을 곤란하게 하였나 보군."

야스히토는 쓴웃음을 지으면서 말하고는 다시 담배를 피웠다. 한참 담배를 피우다 야스히토가 다시 말을 꺼내었다.

"이우 공은 이번 전쟁에 대해서 어떻게 생각하는가?"

"중화민국과의 전쟁을 말씀하시는 것이옵니까?"

"그러네."

"전 국가적으로 진행하는 전쟁이니 곧 끝나지 않겠사옵니까?"

야스히토의 갑작스러운 질문에 잠시 생각하고 대답했다. 전황이 어렵다고 대답하는 것도 천황가의 사람인 야스히토의 기분을 나쁘게 할 수도 있다고 생각되어서 중의적으로 대답했다.

"아니야, 이미 전쟁을 개전한 지 2년이 넘었는데 승기를 못 잡고 있어……. 그런 상황인데도 군부는 전선을 넓히려고 하고 있으니……."

미국의 금수 조치로 많은 전쟁 물자가 모자라는 상황이었다. 그래서 일본의 군부는 미국의 태평양 기지인 하와이를 쳐서 태평양으로의 진출을 막고 미국령인 필리핀을 넘어 프랑스와 영국의 식민지들이 있는 동남아를 침략할 계획을 짜고 있을 것이다.

지금 일본 군부는 보르네오 섬과 말레이반도에 있는 넘쳐나는 석유와 목재 들이 탐이 날 것이다.

동남아시아에 많은 식민지를 가지고 있는 영국과 프랑스가 본토의 전쟁으로 빠져 있는 지금이 그곳을 점령할 가장 좋은 기회였다.

하지만 그러기에는 필리핀을 점령하고 있는 미국이 부담스러웠다. 그래서 미국의 태평양 진출을 막을 방법으로 전초기지인 하와이를 파괴할 계획이었다.

석 달도 채 남지 않은 진주만 폭격을 알고 있는 나로서는 야스히토의 말을 이해할 수 있었다. 하지만 본래의 이우 공이라면 이런 내용을 알지 못하기 때문에 모르는 척 대답했다.

"전선을 말씀이십니까?"

"지금의 중국 전선과는 별개로 해군에서 동남아로 전선을 넓힐 생각을 하고 있네. 미친 생각이지, 지금 벌어지고 있는 전쟁만으로도 나라가 피폐해지고 있는데 말이야. 귀족원과 의회를 바꿔야 해, 그래야지만이 이 미친 전쟁을 멈출 수가 있어. 이우 공, 그대의 생각은 변함이 없는가?"

일전에 나를 귀족원으로 넣고 싶어 했던 야스히토는 씁쓸한 표정으로 물어 왔다.

"송구하옵니다, 전하."

그 후로 그가 이번에 다녀온 등산에 대한 이야기를 몇 마디 더 주고받고 있을 때에 몽양이 나를 안내할 것이라고 했던 청년이 들어와서 단상으로 가야 됨을 알렸다.

단상으로 가기 전에 아이들이 있는 방으로 가니 야스히토와 이야기를 하는 시간이 길었는지 청이와 수련이는 이미 잠이 들어 있어 찬주에게만 인사를 하고 단상으로 향했다.

야스히토 친왕의 뒤를 따라서 단상으로 올라가니 이미 단상에는 많은 귀빈이 자리하고 있었다.

대부분 조선인이었는데, 그 사이에 제복을 입은 한 명의 사람이 눈에 띄었다. 미나미 지로 조선총독이었는데, 야스히토 친왕과 내가 올라오는 것을 보고는 앉아 있던 자리에서 일어나 이쪽으로 왔다.

"신 조선총독 미나미 지로, 친왕 전하를 알현하옵니다."

"반갑소, 지로 총독. 이런 작은 행사에 어떻게 총독께서 직접 오셨소?"

야스히토는 웃으면서 이야기했다. 이곳에 미나미 지로 총독이 참석한 게 순전히 자신 때문이라는 걸 야스히토 역시 알고 있을 테지만 어쩐 일이냐는 표정으로 물었다.

"다른 곳도 아닌 경성에서 하는 행사이온데 어찌 참석하지 않을 수 있겠습니까, 전하."

"그래요."

야스히토가 대충 대답을 하고 나서 자신의 자리를 향해서 가자 총독의 표정이 순간 일그러졌다. 그러다 뒤따라오는 나를 보고는 다시 표정을 바꿔 인사했다.

"이우 공께서도 오셨군요."

군인이자 총독인 미나미 지로는 평민 출신으로 공족인 나보다 낮은 계급이었지만 그의 말투는 전혀 그렇지 않았다. 오히려 나를 자신보다 아랫사람으로 봤다. 물론 엄격하게 따지면 그에게 귀족모독죄를 물을 수도 있었지만, 나에게 그런 힘은 없었다. 그에게는 군부와 조선총독부라는 막강한 힘이 있는 것이다.

"조선인들이 하는 행사에 어떻게 총독께서 직접 오셨소?"

"다 황국의 신민들이 아니겠습니까? 이제 이름까지 같아지고 있으니 더는 내선의 구분이 필요치 않고, 천황 폐하의 이름 아래 같은 신민인데 제가 어찌 오지 않을 수 있을까요?"

아까의 일그러진 표정은 어디 갔느냐는 듯 웃으면서 이야기했다.

그 웃음을 그의 얼굴에서 지워 주고 싶었으나, 이곳은 보는 눈도 많았고 그의 직책이 내가 함부로 할 수 있는 위치가 아니라 웃음으로 대답을 하고는 대화를 끝냈다.

나와 총독이 이야기하는 사이에 야스히토와 인사를 하는 인물이 보였는데, 벗겨진 머리에 하얀색 긴 수염이 인상적인 인물이었다.

그에 대한 기억은 금방 떠올랐는데, 바로 윤치호 박사였다. 여운형이 반일 감정을 가진 조선의 지도자였다면 윤치호는 일본에 협력하는 조선의 지도자였다.

얼마 전 제국익문사에서 보내온 조선의 지도자급 인물

에 대한 평가와 정보가 적혀 있는 보고서에 그의 이름도 있었다.

친일민족 반역자로 보기에도, 그렇다고 독립운동가로 보기에도 힘든 인물이라는 평가였다. 민족주의적인 성향을 가진 인물이기는 했지만 조선의 독립에 대해 회의적이었고, 총독부와 척을 지고 있으면서도 어떤 부분에서는 총독부와 협력을 하는 복잡한 인물이어서 그에 대해 더 많은 조사가 필요하다고 적혀 있었다.

하지만 한 가지 확실한 점은 조선 왕실에 대해서 경멸하는 감정이 있는 사람이란 것이다. 내가 올라온 것을 보았으면서도 나에게 인사를 하지 않는 걸 보니 그 보고서에 적혀 있던 부분이 맞는 것 같았다.

단상의 상석 가운데 야스히토 친왕 그의 오른쪽에 미나미 지로 총독이 그리고 그의 왼편에 내가 앉았다. 나의 옆자리는 몽양 여운형이, 윤치호는 미나미 지로 총독의 옆자리에 앉았다.

운동장에는 여덟 개의 팀이 정렬해 있었고, 장내는 이미 만원이었다. 계단까지 많은 사람이 서 있어서 사람이 없는 곳을 찾아보기 힘들 정도로 빽빽했다.

사회자가 행사의 시작을 알리자 여느 행사와 같이 궁성요배로 시작했다. 그 이후 몽양이 자리에서 일어나 단상의 중앙으로 나갔고, 그곳에서 대회의 시작을 알렸다.

그의 개회 선언 이후 야스히토 친왕이 축사를 하였고, 뒤이어서 나도 단상 중앙으로 나가 축사를 했다.

그 뒤로 총독과 윤치호 등 몇 명의 축사가 있은 이후 개회식 행사를 마쳤다.

개회식을 마치고 나서 일부 인사들은 단상 위에서 경기를 관람했고, 총독을 비롯한 일부 인사들은 운동장을 빠져나가 돌아갔다.

나는 가족들과 함께 보기 위해 몽양이 미리 준비해 준 자리로 이동했다. 자리로 가자 잠에서 깬 청이와 찬주가 앉아 있었다.

"수련이는 아직 자고 있는가?"

"네, 자고 있어서 유모와 함께 있도록 하고 우리만 나왔어요."

고개를 끄덕이고는 자리에 앉을 때 뒤에서 인기척이 느껴져 돌아보니 야스히토가 있었다.

"친왕 전하, 단상 위에서 보시지 않고 어찌 내려오셨습니까?"

그가 단상에서 경기를 보지 않고 왜 이곳으로 왔는지 의문이 생겨서 물었다.

"저 자리는 불편해서. 자네가 다른 곳에서 경기를 본다고 하기에 왔네. 이곳에서 봐도 괜찮겠는가?"

여운형이 마련해 준 자리는 넓었고 그가 앉아 있을 공간도 충분했다.

"이쪽으로 앉으시지요."

나의 옆자리를 가리키며 말을 하자 야스히토는 그 자리에 앉았다. 그가 앉고 나서 나도 따라 앉으니 야스히토가 웃으면서 이야기를 했다.

"축구 경기를 보러 왔으면 축구를 봐야지 무슨 정치를 한다고……. 저 자리는 나에게 기분 나쁜 곳이더군."

야스히토는 정치와 권력에 대해서 지루하고 귀찮게 생각을 하는 경향이 있는 사람이었는데, 단상 위에 있는 사람 중에서 누가 천황의 동생인 그에게 접근을 했던 것 같았다. 이곳에 온 사람 중에 권력의 정점에 서 있는 사람과 연을 만들려는 사람이 없을 리가 없었다.

"친왕 전하를 볼 기회가 많지 않으니 그런 것이옵니다."

"그래도 귀찮은 건 어쩔 수 없네. 우리는 즐겁게 축구나 보세."

친왕은 말을 하고 나서 근처에 있던 청이를 안아 올려 자신의 무릎에 앉혀 놓고 축구에 관해서 설명을 하기 시작했다. 아이의 눈높이에 맞춰서 설명을 해 주어서인지 청이도 집중해서 그의 설명을 들었다.

본격적으로 시작된 경기는 내가 기대했던 것보다 지루한 느낌이 있었다.

물론 미래에서 밤잠 설쳐 가면서 봤던 EPL이나 경기장에

가서 봤던 K리그 정도의 실력을 기대했던 것은 아니었지만, 최소한 주말 리그 같은 학원 축구팀의 실력은 될 줄 알았다. 하지만 이들이 축구를 하는 모습은 동네 조기 축구회의 경기를 보는 듯했다.

처음에는 집중해서 보다가 나중에는 야스히토가 농담으로 했던 나가서 뛰면 어떻겠냐는 말을 진짜 실천해 보고 싶은 생각이 들었다.

축구를 하는 선수들이 열심히 뛰기는 했으나, 현대 축구의 압박 전술과 빠른 경기 속도에 적응이 되어 있는 나의 눈에 조선의 축구는 동네 조기 축구회 정도밖에 보이지 않았다.

처음에 높은 기대치 때문에 실망했다가 세 번의 경기를 보고 나니 이 시대의 축구에 눈이 익숙해졌다. 이 시대의 축구는 골이 많이 터져서 그 나름대로 보는 재미가 있었다. 보통의 현대 축구가 3점 아래에서 승부가 결정되었다면, 앞선 세 경기 전부 경기당 다섯 골 이상이 나왔다.

그리고 시작된 마지막은 경성축구단과 조선축구단의 경기였는데, 앞선 경기들이 한쪽으로 조금 치우쳐 있었다면 마지막 경기는 양 팀이 실력도 비슷했고, 경기의 몰입도도 엄청나 선수들 간의 신경전과 치열함이 있었다.

또한 이 팀들이 조선인들에게 인기가 있는지, 경기에서 뛰고 있는 선수들뿐만 아니라 관중석의 관중들 역시 앞선 경기들과는 확연히 차이 나는 목소리로 응원했다.

경기장 안이 꽉 차 있는 것과는 비교되게 나의 옆자리는 비어 있었다.

장시간 동안 밖에 나와 있었더니 수련이와 청이가 너무 힘들어했기에 그런 아이들과 함께 찬주는 먼저 궁으로 돌아갔다.

야스히토 친왕 역시 두 경기가 끝나고 쉬는 시간에 친왕부親王府의 연락을 받고 호텔로 돌아갔다.

뒤쪽과 앞쪽에 종로서 형사들과 하야카와가 앉아 있기는 했으나 경호를 위해서 나의 자리에 앞뒤 좌우 자리에 공석을 만들어 놓았다. 거기다 야스히토 친왕의 경호 인력과 찬주의 경호 인력이 빠져나가 사람의 물결이 뒤덮은 경기장에서 내 자리만 덩그러니 섬처럼 비어 있었다.

"전하, 축구 경기는 재미있으십니까?"

마지막 경기가 시작되고 20분 정도 지났을 때 개회식 이후로 못 봤던 몽양이 내 자리로 왔다.

"아, 몽양, 어서 오세요. 이쪽으로 앉으세요. 이전의 경기들은 조금 일방적이어서 재미가 덜했는데, 이번 경기는 재미있군요."

나에게 양해를 구하고 옆자리에 앉은 몽양에게 내 솔직한 감상평을 이야기했다.

"앞선 경기들은 어쩔 수 없었습니다. 이번 축구 경기는 전조선축구대회나 천황배전일본축구대회와는 다르게 예선전

을 거친 경기가 아닌 초청 팀들 간의 경기이옵니다. 지난 연
도의 전조선축구선수권대회의 상위 팀 중에 상당수가 재정
상의 문제로 해체해, 이번 대회 여덟 개 팀 중에서 세 개 팀
은 전문학교의 팀을 초청한 것이죠. 그래도 이번 경기는 흥
미진진하지 않으십니까?"

"그러네요. 확실히 관중의 관심도나 응원 선수들의 치열
함이 앞의 경기들과는 차이가 나는군요."

"전문 축구단 간의 경기라 치열한 것도 있겠지만, 두 팀은
경성을 연고로 하고 있습니다. 같은 지역 연고 팀 간의 경기
이니 팬도 많고, 선수들도 연희전문학교와 보성전문학교 출
신이라 학생 시절부터 맞수로서 경쟁하면서 자라 서로를 잘
알기도 해 다른 경기들보다 훨씬 치열한 것이옵니다."

몽양의 설명을 들으니 이 경기장의 관객들의 치열한 응원
과 선수들 간의 혈투가 이해가 되었다.

"그런가요? 몽양도 경성 사람이니 양쪽 팀 중에서 응원하
는 팀이 있겠군요. 어느 팀을 응원하세요?"

"사실 소인이 조선인체육회의 회장이기 이전에 저기 붉
은색 운동복을 입고 있는 경성축구단의 구단주이옵니다,
전하."

그가 조선 체육계에서 영향력 있는 사람이라는 것은 익히
알고 있었으나 축구단까지 소유한 구단주라는 것은 처음 알
게 된 사실이었다.

몽양이 사장으로 있던 조선중앙일보가 무기한 정간 이후 다시 복간을 못 한 것이 자금 사정 때문이라고 알고 있었는데 아닐 수도 있겠다는 생각을 하게 됐다.

"그건 또 처음 아는 사실이군요. 그래도 경기는 공정하게 진행되는 것이겠죠?"

구단주이면서도 조선축구협회의 회장일 뿐 아니라 조선인 체육회, 권투구락부(권투클럽) 등에 관여해 조선의 체육계에서는 아주 영향력이 강한 사람이었다. 그럴 일은 없겠지만, 혹시라도 심판이 편파 판정을 하지 않을까 하며 물었다.

"아직 조선인들 사이의 경기가 공정하지 않은 적은 없었습니다, 전하."

공정한 것이 당연하다고 생각했는데 몽양의 말에서 조금 이상한 것을 느꼈다.

"조선인들 사이의 경기? 그럼 다른 경기는 부정이 있었다는 말인가요?"

다른 사람들이 들으면 안 되는 말일 수도 있었지만, 경기장의 소음이 컸다. 우리 주위에 대화를 들을 수 있는 사람이 아무도 없었지만 그래도 신경이 쓰이는지 몽양은 조용한 목소리로 조심스럽게 말을 꺼내었다.

"많이 있었습니다. 천황배전일본선수권대회에서 35년에 우리 경성축구단이 우승하고 그다음 해에 보성전문학교가 준우승을 하자 내지인들의 자존심이 많이 망가졌습니다.

자신들의 식민지인 조선인들에게 졌으니까요. 그 이후 일본에서 치르는 대회에 참여하면 일방적인 편파 판정이 자주 일어났었습니다, 전하."

"실력을 키워서 이기면 될 것을, 한심하군요."

나의 불평 섞인 말에 몽양은 미소로 대답을 대신했다.

식민지하의 조선인은 어떠한 것으로도 일본인을 이기면 안 되었다. 그들보다 머리가 좋아도, 공부를 잘해도 운동을 잘해도 안 됐다. 일제 식민지하의 조선인은 그저 일본인들의 지시를 받으면서 일하는 노예 그 이상 그 이하도 아닌 신세였다.

✼❀✼

몽양은 잠시 내 옆에 앉아서 경기를 보다 자신의 일을 하기 위해서 다시 일어났다. 그 이후 혼자 앉아서 경기를 보는데 후반 30분쯤 접어들었을 때 하야카와가 나에게 다가와서 말했다.

"전하, 송구스러운 말이지만 지금 궁으로 환궁하시는 것이 어떠신지 여쭈옵니다."

"지금 말인가, 아직 경기가 끝이 나지 않았는데. 궁에 무슨 일이 있는가?"

보통의 하야카와는 나에게 이런 제안을 먼저 하는 사람이 아니었다. 마치 나의 혀처럼 거슬리지 않게 행동하는 사람이었다. 그런데 아직 경기가 끝나지 않았는데 와서 이야기하는 것이 이상해 혹 궁으로 돌아간 찬주나 아이들에게 무슨 일이 생겼는지 되물었다.

"그런 것은 아니오라 경기가 끝이 나고 이 많은 사람이 단번에 빠져나가게 되면 경호에 구멍이 생길 가능성이 크다고, 종로서에서 경기가 끝나기 전 환궁하시는 것을 고려해 주십사 요청해 왔습니다, 전하."

하야카와는 내가 축구 경기를 재미있게 보고 있는 것을 끊는다고 생각한 것인지 엄청나게 송구스러운 표정으로 말했다. 그러나 마지막 경기가 그나마 재미있는 내용이어서 흥미가 있기는 했으나, 온종일 네 경기를 보고 있으니 이제는 조금 힘이 들어 조금 일찍 돌아가야 하나 생각하고 있던 차에 하야카와의 제안은 나의 기분을 좋게 했다.

"경호가 어렵다면 안 되겠지, 돌아가도록 하세."

하야카와는 어려운 말을 조심히 꺼냈는데 내가 흔쾌히 허락하자 금세 얼굴이 펴지면서 주위에 있던 형사들에게 말을 전했다.

그들이 나갈 수 있게 준비를 하자 나 역시 자리에서 일어나 밖으로 나왔다.

자리에서 일어나 밖으로 나가기 위해서 통로를 지나 계단으로 가는데 주위에 있던 조선인들이 나를 알아봤다.

한두 명이 나를 알아보고 소리치기 시작하자 금세 주위의 사람들도 나를 알아보기 시작했다.

그들은 '이우 왕자님!'이라고 하며 나를 향해 소리치거나 환호성을 지렀고, 몇 명은 손을 흔들거나 과장된 자세로 인사를 했다. 황실의 예법과는 전혀 다른 것이었지만, 그들이 하는 인사를 보니 나에 대한 존경과 사랑을 담고 있다는 것을 몸과 마음으로 충분히 느낄 수 있었다.

그런 그들의 행동에 고마운 마음이 들어서 손을 들어 화답했다. 그러자 나의 화답을 받은 대중들이 축구 경기보다 나에게 더욱 집중을 했고, 나를 보지 못했던 사람들까지 나를 보고 인사를 해 경기 내용과 상관없이 내가 있던 자리 근처에서 큰 함성이 터져 나왔다.

많은 사람이 나를 보고 환호를 하다 보니 흥분하는 사람들이 나오기 시작했고, 몇 명이 나의 경호를 뚫고 나를 한번 만져 보려고 했다.

그 모습을 보고 있으니 마치 내가 유명한 연예인이 된 듯한 기분이 들어 기분이 좋았다. 또 한편으로는 이런 이들의 가장 선두에서 길잡이가 되어야 한다는 무거운 생각이 나를 짓누르는 것 같았다.

나의 이런 감상적인 느낌과는 다르게 나의 경호를 맡은 종로서 형사들은 이 상황이 위험하다고 느꼈는지 급히 나에게 다가왔다.

"전하, 지금 이대로는 경호에 위험이 생길수도 있습니다. 잠시 실례하겠습니다."

그 말을 끝으로 그는 나의 옆에 붙어서 내가 흔들던 손을 자신의 손으로 잡아 내리고 급히 경기장을 빠져나왔다.

처음에 그의 행동이 조금 심하다고 말하려다 그들 뒤로 보이는 관중들이 나에게 다가오는 것을 제지하던 형사들이 조금씩 뚫리는 것이 보여 나로 인해 혹시 큰일이 생길 수도 있다고 생각되었다. 그래서 그들의 안내를 따라서 경기장을 빠르게 벗어났다.

내가 조금 다치는 것은 큰 문제가 되지 않았으나 혼란스러운 상황에 많은 사람이 다치는 일이 벌어질까 우려되어서였다. 그러면서 아이들과 찬주가 먼저 집으로 돌아간 것이 아주 다행이라는 생각을 했다.

밖으로 나오니 아직 경기 중이어서인지 조금 한산했고, 아까와 같은 인파는 없었다. 경기장 안에서 한정된 공간에서 나를 알아보고 그 정도로 환호했는데, 만약 경기가 끝이 나고 나서 나왔으면 돌아가는 길에 대중에게 둘러싸일 수도 있었겠다는 생각을 하니 먼저 나오기를 잘한 것 같았다.

5장

　운현궁으로 돌아오니 궁 전체가 조용했다. 수직사 마당에서 차에서 내리니 시월이와 몇 명의 하인들이 차 쪽으로 급하게 뛰어왔다. 급하게 오느라 궁에 기별하지 않아서인지 근처 있던 하인들만 급하게 나온 것 같았다.

　차에서 내리면서 경기장에서 받아 온 선물들을 꺼내기 위해서 시월이를 제외한 하인들은 트렁크로 갔다. 나의 손에 들려 있던 가방을 받아 드는 시월이에게 가방을 넘겨주면서 물었다.

　"찬주는 어디 있느냐?"

　"마마님과 도련님, 아기씨는 후원에서 쉬고 계시옵니다, 전하."

"그래? 짐들은 전부 이로당으로 보내도록 하게."

시월이의 대답을 듣고 나서 하야카와에게 말을 하고, 발걸음을 옮겨서 후원으로 갔다.

후원으로 다가가면 갈수록 찬주의 웃음소리와 청이의 낑낑거리는 소리가 들렸다.

무슨 일인가 궁금증이 생겨 조금 더 빨리 발걸음을 옮겼다. 반쯤 뛰듯이 하는 걸음걸이였는데, 웃기지도 않는 황실 규범에는 황족이 뛰어서도 안 된다고 나와 있었다.

물론 군 훈련을 하거나 하면서 뛰는 경우가 있었지만, 원래의 이우 공은 궁내에서는 절대 뛰지 않았고, 나 역시 그 기억을 보게 되어서 궁내에서는 뛰지 않으려고 노력했다.

후원으로 다가가 담 너머로 보자 청이가 몽양이 선물한 공이 아닌 배구공 비슷한 갈색 공을 발로 차고 있었다.

이 시대의 공들은 지금의 축구와는 다르게 현대의 배구공과 비슷한 모양을 가지고 있었다. 몽양이 선물한 것도 비슷하긴 했지만 대회 이름이 적혀 있다는 게 달랐다.

청이는 말 그대로 공을 차고 있을 뿐 축구를 한다고 보기에는 무리가 있어 보였다. 하지만 그런 공을 차고 있는 아이의 표정은 사뭇 진지했고, 그런 진지함이 재미가 있었는지 찬주는 수련이를 안고 웃음을 짓고 있었다.

청이가 공을 차다 자신의 마음대로 안 되어서 뻥 차니 찬주가 더욱 크게 웃었고, 청이의 유모가 찬 공을 주워 가져다 주었다.

그렇게 잠시 바라보다 보니 후원에 있는 연못 위에 떠 있는 공들이 몇 개 더 보였다. 아무래도 청이가 차다가 빠뜨린 것들 같았다.

"전하, 마마께 도착하셨음을 알려도 되겠습니까?"

담 너머로 잠시 지켜보고 있을 때 시월이가 나의 가방을 가져다 놓고 나의 옆으로 와서 말했다.

"아니야, 내가 가도록 하지."

시월이를 제지하고 나서 발걸음을 옮겨 후원으로 들어갔다.

내가 막 후원으로 들어설 때에 청이가 잘못 찬 공이 내 쪽으로 왔다. 그 공을 받으니 그제야 후원에 있던 사람들이 나를 발견했고, 청이가 나에게 뛰어왔다.

유모는 나를 발견하자 황급히 인사를 하고 후원 밖으로 나가려고 했다.

"나가지 말고 여기 있게."

청이의 공을 차는 것을 도와주었던 유모를 제지했다. 청이가 아직 공을 차고 싶어 하는 것 같았고, 그 공을 주워 줄 사람이 있어야 할 것 같아서였다.

"아부지, 왜 난 아부지처럼 못 차요?"

청이는 뽀로통한 표정으로 말을 했다. 그런 녀석이 귀여워서 안아 주면서 말했다.

"글쎄, 청이도 열심히 차면 금방 잘 찰 수 있을 거야."

나의 위로에도 별로 도움이 되지 않았는지 청이는 금방 다시 내려 달라고 했고, 나에게 축구를 알려 달라고 했다. 그래서 청이를 데리고 발로 차는 연습부터 같이했다. 패스라 부르기는 힘들고 그냥 원하는 방향으로 차는 연습부터 했다.

청이는 그래도 운동에 소질이 있는 것인지 발 안쪽으로 차는 것을 알려 주고 패스하는 법을 가르치니 곧잘 따라 했다.

동대문경기장에서 있었던 대회에서 많은 시간을 보내고 와서 청이와 공을 차기 시작하고 얼마 지나지 않아 해가 지고 어둠이 깔리기 시작했다.

많이 어두워져서 더는 공을 찰 수가 없어졌을 때 이로당으로 들어가 가족들과 함께 저녁을 먹었다. 저녁을 먹고 나서 나는 노락당으로 넘어왔다.

노락당의 나의 방으로 들어오자마자 습관처럼 병풍 뒤에 놓인 이불의 가장 위 무명천 겉 이불을 만졌다. 며칠 전 제국익문사의 독리에게 해 놓은 명령에 대한 답변이 담겨 있는 편지가 왔을까 해서 확인하는 것이었다.

이런 행동은 운현궁에 있을 때에는 거의 매일 하는 것이었는데, 동경에서는 시월이게 편지를 바로 전달했지만, 운현궁에서는 이곳에 숨겨 놓는 것으로 연락했기 때문이었다.

어제까지는 아무런 것도 잡히지 않았던 무명천에서 오늘은 이질감이 느껴졌다. 본능적으로 답장이 왔음을 느끼고 이

불 사이로 손을 넣어서 작은 봉투를 꺼내었다.

봉투에는 언제나처럼 오얏꽃과 한문이 적혀 있는 도장이 찍혀 있었다.

자리에 앉아서 봉투 안에 들어 있는 편지를 꺼내자 언제나처럼 화학비사법으로 쓰인 백지가 나왔다.

책상 위에 있는 초에다 불을 붙이고, 그슬기 시작했다.

불 위에 종이를 그슬리면서 잠시 기다리자 하얀 종이에서 검은색 글씨들이 하나둘씩 나타나기 시작했다. 종이가 타지 않도록 조심해서 조금 더 그슬리자 모든 글씨가 드러났다.

지시하셨던 문서들을 전부 전달하였습니다. 또한, 이후 사항들을 점검하기 위한 요원들도 각 지역에 도착을 하였습니다.

이번에 온 인원들은 중경의 학교에서 새로이 교육한 인물들입니다. 중경에 책임자로 있는 최형인 사무가 학교에서의 성취도도 높았고 일선에 투입되어도 충분하다는 판단을 하였으니, 요원에 대해서는 걱정하시지 않으셔도 괜찮습니다.

전하께서 말씀하신 대로 명일明日 해시亥時가 개시일입니다.

혹 이들 중에서 간자間者가 발견되면 전하의 말씀대로 즉시 멸滅하도록 요원들에게 전했습니다. 결과가 나오면 다시 보고하겠습니다.

-독리 올림

조선 안팎에서 갑작스럽게 세력을 늘려 왔고, 함께하는 사람들도 갑작스럽게 늘어났다. 그래서 지금쯤 한번 확인을 할 필요가 있어 보여 제국익문사의 독리에게 지시를 했다.

우리와 함께하는 인물들 중 미국에 있는 윤홍섭이나, 송헌주, 유일한 그리고 소련의 조봉암 같은 인물들은 제외했다. 미국이나 소련에서 알 수 있는 정보는 한계가 있었고, 조선의 활동에 직접 영향을 주기는 힘들다는 판단을 내린 것이다.

제국익문사가 확인을 하는 인물들은 성재 이시영과 요시나리 히로무 그리고 광무대의 인물들을 제외한 나와 함께하는 주요 인물들이었다. 중경에 있는 약산 김원봉을 비롯한 몽양 여운형 그리고 조선체육회의 간부들과 여운형의 소개로 지하실에서 만났던 인물들도 모두 포함되었다.

이들에게 각기 다른 정보를 흘렸는데, 대부분은 각 지역의 있는 일본의 건물들인 경찰서와 총독부, 군청, 시청 같은 지역에 대한 거사 정보였다.

이들에게 부탁한 것은 거사 이후 요원들이 빠져나갈 수 있도록 해 달라는 것이었는데, 개개인에게 가서 조심스럽게 부탁을 했다.

원래 독립운동이라는 것 자체가 비밀을 요하는 일이고 아는 사람이 적으면 적을수록 좋다는 걸 모두 알고 있어서 자신과 친한 사람들과도 정보를 공유하지 않을 것이다.

하지만 거사를 하기로 되어 있는 곳에 경비가 삼엄해지거나 경찰 내부에 무언가 정보가 들어온다면, 그 지역을 이야기했던 사람이 간자라는 것을 알 수 있는 시험이었다.

물론 실제로 거사를 하지는 않을 것이었다. 아직은 때가 아니었고, 이것은 시험을 위한 가짜 무대였다.

이 작전을 준비할 수 있게 된 것은 히로무 덕분이었다.

나도 독리도 최근 유입된 인물들에 대한 시험이 필요하다고 생각하고 있었다. 몇 주 전 이런 고민을 히로무에게 이야기하였더니 그는 전혀 다른 새로운 해결법을 제시했다.

"내가 누구라고 생각하는 거야?"

"무슨 말이야?"

어떻게 간자를 찾을 수 있을까 이야기했더니 뜬금없이 말하는 히로무에게 내가 되물었다. 그러자 그의 대답이 다시 돌아왔다.

"내가 조선사령부 정보과에 있잖아. 조선에서 무슨 일이 벌어질 조짐이 보이면 우리 정보과에 모든 정보가 모여들 거야. 누군가 간첩이 있다면 그 사람에게 준 정보가 우리 정보과로 날아들겠지. 그것만 해도 간첩을 찾아내는 건 간단한 거 아냐? 우리는 조선인뿐만 아니라 조선 안에 있는 모든 기관, 헌병이나 경찰 들까지 감시하고 있어. 우리에게 안 들어온 정보는 어느 기관에서도 알지 못한다는 뜻이야."

히로무의 말이 나의 머리를 세게 때렸다.

나는 확실하게 시험하기 위해서는 누군가 진짜 거사를 일
으켜야 할 것으로 생각하고 있었다. 하지만 히로무의 도움을
받으면 최소한의 희생으로 확인이 가능했다.

작전을 하다 보면 희생이 생길 수밖에 없다는 것을 공감하
고 있었지만, 히로무의 방법대로 하면 가장 피를 적게 흘릴
수 있어 그대로 진행하기로 했다.

그렇게 몇 주간 준비를 하고 나서 모든 준비가 끝이 나고,
내일 저녁이 거사일이었다.

마음 같아서는 단 한 명의 배신자도 나오지 않기를 바라고
있지만, 현실적으로 몇 명의 배신자는 나올 것이란 걸 알고
있었다.

다만 그 인물들이 몽양 여운형과 약산 김원봉만은 아니기
를 바랐다. 만약 그 둘이라면 내가 계획하고 있는 독립 전쟁
의 첫 단추부터 문제가 생기는 것이었다.

미래에서의 기억을 가지고 있으므로 그들이 절대 배신하
지 않을 것이라고 믿고 있었지만, 마음 한구석이 불안함은
어쩔 수 없었다.

독리에게 보낼 편지를 정리하고 나서 나는 병풍 뒤 벽으로
다가갔다. 벽 아래쪽과 바닥 틈 사이로 소도小刀를 집어넣어
벽을 끄집어냈다. 그러자 손바닥만 한 나무로 되어 있는 벽

이 툭 하고 떨어져 나왔다.

그 뒤에 있는 공간에서 대한국새大韓國璽란 글자가 파여 있는 국새가 나왔다.

동경에서부터 가지고 다니던 황제지보皇帝之寶가 옥으로 만들어 있었던 것과는 다르게 대한국새는 금으로 만들어져 있었다.

원래는 운현궁 이로당 지하에 있는 비밀 통로 중간쯤 위치한 돌 속에 숨겨져 있었지만, 오늘 미국의 윤홍섭을 통해서 미 국회의원들에게 전달을 할 문서에 찍기 위해서 미리 이곳으로 가지고 와 숨겨 놓았었다.

국새를 꺼낸 뒤에는 동경에서부터 가지고 온, 그리고 내가 이동할 때마다 항상 가지고 다니는 황제지보皇帝之寶 옥새를 꺼냈다. 그것은 비단에 싸여서 있었다.

이 국새는 황실의 적자임을 뜻하지만 과거 50년 동안 세계사 안에서 아무런 힘을 발휘하지 못했던 나라의 국새다. 물론 그것은 지금도 변하지 않았지만, 앞으로는 달라질 수 있도록, 이 국새가 가지는 힘이 엄청나게 느껴지도록 할 첫 번째 공식 외교문서에 도장을 찍었다.

이것은 내가 대한제국의 황제로서 찍는 첫 번째 문서였다.

이 전에도 백범 김구에게 보낸 문서같이 황제지보로 찍은 서류가 몇 장 있기는 했지만, 그것들은 사적인 문서였고 이것은 공식적인 대한제국의 문서였다.

10월이 다 되어 가고 있었고 동경의 대본영에서는 본격적으로 하와이를 부숴서 미국이 아시아에 간섭을 하지 못하게 해야 한다는 이야기가 공공연하게 나돌아 다녔다. 이제 온건파들 중 일부만이 반대를 하는 상황이었다.

　미국은 아직 상상하지도 못하는 것 같아 완벽하게 그 일을 막지는 않더라도 미군에 경고라도 하려는 것이다. 그래서 이후 우리의 구미위원부가 조금 더 영향력을 발휘하고 조선인들이 태평양전쟁에서 미군에 꼭 필요한 존재라는 것을 인식시킬 필요가 있었다.

　미군이 아시아에 직접 개입하기 위해서는 진주만 폭격이 필요했다.

　미국 내에서는 해외 전쟁에 관여하는 것에 반대하는 반전여론이 강했다. 그런 여론을 한 번에 뒤집을 수 있는 게 진주만 폭격이었다.

　그런 진주만 폭격을 완전히 막지는 않더라도 이야기는 슬쩍 흘려서 우리 구미위원부와 독립군의 위치를 올릴 필요가 있었다.

　누군가 협상을 하기 위해서는 최소한 그 상대가 협상 테이블에 와서 앉아야 되는데, 지금의 독립군과 임시정부를 상대로 미국은 협상 테이블을 만들 생각이 전혀 없었다. 그런 그들의 인식을 바꿀 필요가 있었다.

　이 문서에 들어 있는 정보들이 그들의 인식을 바꿔 줄 수 있기를 바라면서 서류를 정리해서 봉투에 넣었다. 그리고 미국의 윤홍섭과 송헌주에게 보내는 지시 사항을 적은 편지도 함께 넣었다.

모든 편지를 정리하고 직인을 찍기 위해서 꺼내었던 국새를 다시 벽 속으로 집어넣어 정리를 한 뒤 밖에 있는 시월이를 불렀다.

"시월이 개 있느냐?"

"네, 전하. 들어가겠사옵니다."

닫혀 있던 문의 창호지 너머로 무릎 꿇고 앉아 있는 시월이의 그림자가 보였지만 짐짓 모르는 척 부르자, 그녀가 대답하고 나의 방으로 들어왔다.

들어온 시월이에게 다 읽은 편지와 독리에게 보내는 새로운 편지, 미국으로 보내는 편지를 건네니 자연스럽게 받아서 자신의 품속으로 숨겼다.

간자에 대해서 고민을 하다 보니 만약 시월이가 나를 배신한다면 어떻게 될까 하는 생각이 들었다.

그녀가 나를 배신했다면 나는 이미 목이 달아나고 없었을 것이다. 나의 비밀을 이만큼 깊이 알고 있는 사람은 시월이 단 한 명이었다. 내 아내인 찬주도, 나의 단짝인 히로무도, 나의 수족인 독리나 곽재우도 알지 못하는 부분까지 시월이는 알고 있었다.

그런 시월이에게 고마운 마음이 들어 조금 뜬금없기는 했지만 말로 표현했다.

"고맙구나, 시월아. 네가 있어서 참 다행이구나."

"……아니옵니다, 전하."

시월이는 잠시 당황한 듯 조금 머뭇거리더니 대답했다.

"나가서 이만 쉬도록 해라."

글을 읽고 편지를 쓰느라 시간이 많이 지났다. 이미 시간이 늦었기에 시월이에게 쉬라고 이야기를 했다.

물론 그녀가 나의 편지를 처분하고 제국익문사의 요원에게 독리에게 보내는 편지와 미국으로 보내는 편지를 넘기고 나서야 자신의 처소로 돌아가리라는 것을 알고 있었지만, 빈말이라도 해 주었다.

✻✻✻

자기 위해서 누우니 낮에 보았던 사람들이 떠올랐다. 경기장을 까맣게 채운 관중, 조선의 대중 그리고 한순간 나를 보고 흥분해서 위험했던 순간.

만일 그들이 다 함께 들고일어난다면, 아니 그들이 나에게 힘을 조금씩이라도 보태 준다면 당장 올해라도 독립이 가능하지 않을까라는 생각이 들었다.

하지만 이내 고개를 저었다. 많은 대중이 모였을 때 그 많은 사람에게 한목소리를 요구하는 것만큼 힘든 일도 없다.

각기 다른 생각을 하는 사람들을 한 가지 생각만 하게 만든 다는 것, 그건 불가능에 가까운 일처럼 보였다.

많아졌다고는 하나 독립 전쟁을 하기에는 턱없이 부족한 숫자인 사람들을 이끌고 가면서도 오늘같이 그들이 나를 배신하지 않았을까 시험을 하는 상황이었다. 그런데 저 많은 대중이 나의 말을 따라서 일사불란하게 움직여 준다는 것은 나의 꿈일 뿐이었다.

외부의 적보다 내부의 적이 더 무서운 법이었다. 저 대중 사이에 나의 뜻에 반하는 사람이 섞여 있으면 그것은 저 대중이 없으니만 못한 결과를 불러올 수도 있었다.

나를 위해서 모인 모든 사람들을 상상할 수 없는 위험 속으로 몰아넣는 결과가 나올 수도 있었다.

머릿속에 떠오르는 잡생각들을 머리를 흔들어 없애고는 다시 잠을 자기 위해서 눈은 감았다. 하지만 쉽게 잠들지 못했다. 오만 가지 생각들이 머릿속을 어지럽혔다.

오늘 축구를 계속해서 보아서인지 미래에서 했던 축구에 대한 생각들도 떠올랐다.

'독립 이후에 축구에 대한 투자를 많이 하면 우리나라가 조금 더 일찍 월드컵을 개최하고, 어쩌면 붉은 유니폼을 입은 우리나라 선수들이 월드컵을 들어 올릴 수도 있지 않을까?'

생각만 해도 저절로 미소가 지어졌다.

지금 당장은 무리라도 독립 이후에도 원역사와는 달리 내가 살아 있고 정치적으로 영향력을 가지고 있다면 가능하지 않을까라는 생각을 했다.

※

경성부 중구 본정 1정목 2번지(현재의 충무로 근처).

과거 조선 시대에는 남촌 혹은 남산골이라고 하여서 권세 있는 양반들과 사대부들이 모여 살아 번듯한 기와집들이 즐비했던 북촌과는 대비되는 곳이었다. 몰락한 양반이거나 과거에 급제하지 못해 '남산골샌님', '남산골딸깍발이'라 놀림을 받았던 불우한 선비들이 모여 살던 지역이 남촌이었으니까.

그러다 일제 치하로 들어오고 난 이후 중구라는 이름으로 바뀌었다.

중구, 경성의 중심이라는 뜻이었는데, 과거에 한양의 중심을 경복궁으로 보았다면 일제 치하로 들어오고 나서 일본인들은 자신들이 많이 사는 남촌, 중구 본정을 경성의 중심으로 생각했다.

그런 중구를 조선인들은 '왜놈들 마을'이라는 별칭으로 불렀다.

북촌과는 다르게 한옥이 아닌 양옥으로 지어진 집들 있었다. 중구 본정 1정목은 고관대작들이 지내는 곳은 아니지만 상류층의 일본인들이 사는 곳이어서 나름 잘 지어진 집들이 있었다. 특히 2번지는 주위의 깔끔하게 지어진 집들을 초라하게 만들 정도로 화려하게 지어진 3층짜리 석재 주택이었다.

그냥 지나가다가 보면 주택이라기보다는 관공서나 공연장으로 착각할 정도였으나, 넓은 마당과 조화를 이룬 모습과 굳게 닫힌 정문을 보면 영락없는 주택이었다.

늦은 밤 그믐이라 달빛까지 감춘 어둠 속에서 두 개의 인형人形이 2번지 집을 둘러싸고 있는 담장의 그림자 속에 숨어 있었다.

"이제 곧 해시(밤 아홉 시부터 열한 시까지)로 접어드네."

큰 키의 사람이 자신의 가슴께밖에 오지 않는 키가 작은 사람에게 말했다.

"샌님아, 우리가 이렇게 일선에서 뛰는 게 얼마 만이지?"

키가 작은 사람의 말에 샌님이라고 불린 큰 키의 사람이 고개를 돌려 키가 작은 사람을 보면서 말했다.

"융희제께서 계실 때니까, 15년은 족히 됐지. 그리고 짱돌, 내가 샌님이라고 하지 말랬지?"

"샌님을 샌님이라고 하지 뭐라 부르냐? 생긴 거나 하는 거나 고루하니 딱 샌님이지. 그러는 너나 짱돌이라고 부르지 말지? 부르려면 장돌뱅이라고 다 부르든가, 짱돌이 뭐냐? 돌땡이냐?"

짱돌이라는 사람이 투덜거리면서 말했다.

"장돌뱅이는 너무 길잖아, 보부상은 이상하고. 그러니 짱돌이지 뭐야……. 알았어, 김용팔 상임통신원."

샌님이라 불린 남자는 자신이 쓰고 있던 안경을 고쳐 쓰면서 투덜거렸다. 하지만 짱돌이라 불린 사람의 기세가 너무 살벌해서 말끝을 흐리고는 짱돌이라는 사람의 이름과 직책으로 대신했다.

샌님은 잠시 짱돌의 기세에 주춤하다 다시 자신의 품속에 있는 회중시계로 시선을 옮겼다. 달빛까지 없어 아무것도 보이지 않는 상황인데도 자신의 품속에 있는 시계가 보이는지 한참을 보고 있다 손으로 짱돌에게 신호를 했다.

"용팔아, 가자."

샌님은 짱돌이라는 사람을 용팔이라 부르고는 자신의 얼굴에 두건을 둘러서 가렸다. 이어 짱돌의 도움을 받아서 자신이 먼저 담 위로 올라갔다. 그 이후 담장 위에 앉아 짱돌의 손을 잡아서 담장 위로 끌어 올렸다.

해시, 아직 잠들기에는 이른 시간이었지만, 경성부 중구 본정 1정목 2번지의 거대한 저택은 이미 잠자리에 들어간 것인지 마당에 켜져 있는 가로등을 제외하고는 저택의 모든 불이 꺼져 있었다.

두 사람은 정원 안으로 들어와서 잠시 몸을 숨기고 주위를 둘러보기 시작했다.

멀리 정문과 저택 근처에 2인 1조로 경비를 서는 인원들이 왔다 갔다 하는 게 보였다. 원래 이 시간대에 벽을 순찰 도는 인원들은 교대하고 있어서 벽으로 넘어온 것이 걸리지 않았다.

이번에도 샌님은 주머니 속에서 시계를 꺼내서 한참을 쳐다보다 예정된 시간이 되었는지 권총 두 자루를 꺼내서 소음기를 장착했다. 그의 행동에 짱돌 역시 자신의 품속에서 권총 두 자루를 꺼내었다.

"살아서 보자."

모든 준비가 끝난 것인지 샌님이 짱돌을 보면서 이야기했다.

"재수 없는 소리하지 마. 난 중경으로 돌아가서 대모님이 끓여 주는 된장찌개 먹을 거니까."

샌님의 비장한 말에 짱돌은 웃음으로 대답하고는 손안에 있는 권총을 꽉 쥐었다. 그 말을 끝으로 둘은 눈으로 마지막 말을 대신하고 건물을 향해서 몸을 숙인 상태로 접근했다.

미리 알아 놓았던 부엌에서 일하는 사람들이 출입하는 부엌으로 나 있는 옆문으로 접근했다.

옆문에 도착하자 샌님은 문 앞에 무릎을 꿇고 앉아 자신의 손에 들려 있던 총을 자신의 무릎 옆에 놓고, 작은 핀 두 개를 꺼내서 문의 열쇠 구멍에 찔러 넣었다.

"제국익문사 최고의 기술자 다 죽었네. 못하면 내가 할까?"

샌님이 문을 열기 위해서 노력했지만, 2분 정도나 열지 못하고 있자 짱돌이 아주 작은 목소리로 투덜거렸다.

"거의 다 됐어. 이건 신형이라서 힘들어. 그리고 넌 이거 열지도 못해."

샌님은 두 개의 핀을 잡고서 다른 하나의 핀을 입에 물고 대답했다.

철컥.

"됐다."

샌님은 대답을 하고 몇 초 지나지 않아서 핀이 딱 걸렸는지 돌렸고, 뒷문의 잠금장치가 해제되면서 열렸다.

"이 문은 기술자들도 못 여는 거라서 이쪽 경비가 허술한 거야. 이쪽으로 들어온다는 건 생각도 안 하니까."

"그럼 너는?"

"내가 그냥 기술자냐?"

"미친놈, 샌님 아니랄까 봐 농담도 더럽게 재미없네."

샌님은 부엌으로 들어와 대화하며 문을 여느라 사용한 도구들을 정리해서 품속으로 넣었고, 짱돌은 대화하면서 품속에서 작은 다이너마이트 세 개를 꺼냈다. 그러고는 부엌의 구석에다가 하나씩 놓고 연결된 도화선을 가운데로 가지고 왔다.

"이거 몇 분이라고 했지?"

샌님은 자신의 도구들을 다 정리했는지 폭탄을 설치하고 있는 짱돌에게 와서 물었다.

"이 지연관은 한 개에 반 각이야. 두 개를 연결할 거니까 불붙이고 나서 일각(15분) 안에 끝내야 해. 근데 어차피 부엌에 터트릴 거면 그냥 건물을 통째로 날려 버릴 만큼 설치하면 되는 거 아냐? 그 정도 폭약 들고 오는 건 일도 아닌데."

짱돌이 폭약의 지연관들을 정리해 밖에서 보이지 않는 부엌장 안에 숨기면서 말했다.

"김용팔 상임통신원님, 그러면 이 건물에 있는 모든 사람이 죽잖아. 독리께서 뭐라고 했지?"

샌님은 짱돌의 말에 어이가 없다는 듯 말했다.

"부역자와 역적은 죽이되 민간에 피해가 있어서는 안 된다. 근데 솔직히 작전하면서 부득이하게 죽을 수도 있는 거지……. 그리고 몽땅 날려 버리는 게 확실하면서도 쉽잖아."

짱돌 역시 왜 그렇게 해야 하는지 알고 있으면서도 괜히 꺼내 본 말이었다. 그는 그로 인해 생기는 큰 위험이 싫은 듯 투덜거렸다.

물론 작전에 들어오기 전에 상관에게 먼저 말을 했으면 혹시 작전이 변경되었을 수도 있다. 그런 걸 지금에 와서야 이야기한다는 것 자체가 그냥 습관적인 투덜거림일 뿐인 걸 방증했다.

그런 그의 성격을 잘 알고 있는 샌님은 핀잔을 한번 주는 것으로 짱돌의 말을 일축했다.

대화하는 사이에 짱돌은 모든 폭발 준비를 마쳤고, 주머니 속에서 발화 용구를 꺼냈다. 성냥과 비슷하게 생겼으나 차이는 훨씬 크다는 점이었다. 발화 연소제도 훨씬 많이 발려 있어 조금의 마찰만 일어나도 바로 불이 붙을 수 있게 되어 있는 것이었다.

짱돌은 불을 붙이려고 손을 들었다가 잠시 멈칫하더니 발화 용구를 다시 내려놓고 샌님을 보면서 말했다.

"준식아, 우리가 작전을 마치고 나오면서 붙이는 건 어떨까?"

"안 돼, 작전대로 하자. 혹시 그를 죽이기 전에 발각될 수도 있어. 그러면 먼저 발각된 사람이 희생하고, 나머지 사람이 이게 터질 때까지 기다렸다 터지고 나서 혼란 상황에 그를 죽여야 해."

샌님은 고개를 저으면서 단호하게 말했다.

"그건 아는데, 만약 우리가 조용히 암살을 끝낼 수 있다면 이걸 우리가 탈출하는 용도로 사용할 수 있잖아."

짱돌은 자신이 설치한 폭약이 자신들이 살아서 이곳을 탈출할 수 있는 보험이 되어 주기를 바라는 것이었다.

"작전대로 가자."

그런 짱돌의 바람과는 다르게 샌님은 단호하게 말했다. 결국 짱돌 역시 더 이야기하지 않고, 다시 불을 붙일 준비를 했다.

샌님은 그런 짱돌을 뒤로하고 내실로 들어가는 문으로 가서 붙었다. 그리고 조용히 문고리를 돌려 문이 열려 있음을 확인했다.

그렇게 기다리자 도화선에 불을 붙이고 온 짱돌이 샌님의 어깨를 두드렸다. 그것을 신호로 두 사람은 조금의 거리를 두고 복도로 나갔다.

복도는 모든 불이 꺼져 어둠으로 뒤덮여 있었다.

두 사람은 마치 이 저택의 모든 것이 머릿속에 들어 있다는 듯 거침없이 계단을 올라갔다. 그들이 행동은 민첩했지만 그들의 걸음은 아무런 소리도 들리지 않았다.

두 개의 층을 올라간 뒤 그들은 한 방문 앞에서 멈춰 섰다. 그리고 얼굴을 다 가려서 유일하게 드러나 있는 서로의 눈으로 눈빛을 나누었다.

샌님이 문고리를 잡고 조용히 돌렸다. 문고리를 열고 들어가자 방 안은 금으로 되어 있는 장식품과 벽에 걸려 있는 그림 들로 아주 화려하게 꾸며져 있었다.

그 가운데에 커다란 침대 위에 두 명의 여성과 함께 누워 있는 한 남성이 눈에 들어왔다.

방 안으로 들어가자 샌님은 다시 조용히 열고 들어온 문을 닫았다.

짱돌은 손으로 침대 위의 세 명을 가리키고 나서 목을 긋는 동작을 했다. 짱돌의 손짓은 세 사람 모두 죽이자는 뜻이었다.

그러자 샌님이 고개를 젓더니 여성 두 명을 지목하고 한쪽 구석을 가리켰다.

짱돌은 작은 소리로 한숨을 푹 내쉬고는 침대로 다가가서 두 여성을 차례로 한 명씩 깨웠다.

실오라기 하나 걸치지 않은 두 여성은 깨어날 때 눈앞에 보이는 짱돌의 얼굴에 놀라 소리를 치려고 했다. 다행히 재빨리 짱돌이 그녀들의 입을 막아서 제지했다.

두 여성을 깨워 총으로 위협해 구석을 가리켰고 두 여성은 온몸을 떨면서 짱돌이 가리킨 구석으로 갔다.

실오라기 걸치지 않은 몸이 신경 쓰였는지 구석으로 가면서 바닥에 널브러져 있던 자신들의 옷가지 중 큰 것을 골라서 몸을 가렸다. 짱돌 역시 그런 행동을 하는 두 여성을 제지하지 않고 지켜보며 한쪽 구석으로 보냈다.

"조용히 있어요. 당신들은 조용히만 있으면 안전하니까."

여성들이 딴 행동을 하지 못하도록 총을 겨누면서 말하자 두 여성은 떨리는 몸으로 고개를 끄덕여 자신들의 의사를 표현했다.

두 여성이 침대에서 멀어지고 나자 샌님이 침대로 다가갔다. 침대 위에는 술을 먹고 곯아떨어진 오늘의 암살 대상이 누워 있었다. 옆에 누워 있던 여성들이 전부 일어나 침대를 벗어났는데도 일어날 기미가 없이 누워 있었다.

샌님은 누워 있는 암살 대상의 머리에 총을 겨누었고 바로 발사를 했다.

퓨슉퓨슉.

두 발의 총알이 암살 대상의 머리에 박혔다. 그는 첫 총알이 박혔을 때 몸이 부르르 떨면서 경련을 일으키다 잠잠해졌다.

"꺄!"

총알이 머리에 박히자 두 명의 여성이 작은 비명을 질렀다. 다행히 아주 큰 목소리는 아니었고 3층은 이 저택의 주인, 즉 금방 죽은 암살 대상만이 사용하는 층이어서 밖에서 소란이 일어나거나 하지는 않았다. 하지만 그들의 비명에 놀란 짱돌이 순간적으로 두 사람의 후두부에 권총 손잡이 부분을 세게 내리쳐서 기절을 시켰다.

"휴……. 그러게 씨발 그냥 다 죽이자니까."

빠르게 두 여성을 기절시킨 짱돌이 말했다.

"암살에 실패할지언정 일반인의 피해는 없게 하라는 게 독리의 명령이었어. 아직 조용한 거 보니까 밖으로 소리가 새어 나가지는 않았어. 얼른 빠져나가자."

"젠장, 망할 놈의 독리! 지는 현장에서 안 뛴다고……. 이건 우리만 죽어나는 거잖아."

짱돌은 문을 다시 열고 복도를 살펴보는 샌님 뒤에서 조용한 목소리로 투덜거렸다.

샌님은 짱돌의 평소 성격을 잘 알고 있어 그가 지금 하는 말이 빈말이라는 것을 잘 알고 있었다. 그래서인지 마스크 때문에 가려서 보이지 않는 입꼬리를 올려 미소를 짓고는 복도로 나갔다.

두 사람은 올라왔던 길을 뒤집어 내려갔다. 그리고 1층에서 들어온 주방 방향이 아닌 반대편의 복도 끝으로 가서 창문을 열고 정원으로 나갔다.

"시간은?"

샌님이 짱돌에게 물었다.

"촌각 정도."

짱돌은 자신의 품속에서 샌님이 가지고 있는 것과 같은 모양의 회중시계를 꺼내어서 확인하고는 대답했다. 그 시계는 시간을 보는 시계가 아닌 초시계였는데, 분침이 12시 1분과 2분 사이에 있었고, 초침이 6시에서 한 칸씩 뒤로 가고 있었다.

두 사람은 정원에서 반대편 구석으로 뛰어서 벽으로 붙었다. 풀숲에 숨어서 순찰하는 인원들의 눈을 피했다.

교대를 마치고 나온 많은 순찰 인원들이 저택 구석구석을 순찰하고 있었다. 짱돌과 샌님이 들어온 타이밍이 집에서 4시간에 한 번씩 일어나는 가장 허술한 시간대여서 일을 마치고 나온 지금은 정원에 순찰하는 인원이 많이 있었다.

잠시 기다리자 저택의 부엌 쪽의 벽이 다 날아갈 정도로 큰 폭발이 일어났다.

　하지만 짱돌이 처음 폭탄을 설치할 때에 생각을 했던 대로였다. 부엌 쪽 바깥벽은 다 날아가고 폭발의 소리와 섬광은 크게 났지만 실제로 저택 자체에 심한 손상을 주지는 않아 저택 안의 사람들이 진동은 느꼈겠지만 다치는 일은 없었을 것이다.

　"까!"

　"야! 무슨 일이야!"

　"저택에서 폭발이다! 남작님을 보호해라!"

　"남작님의 안전이 우선이다!"

　폭발이 일어나자 정원에서 순찰을 하던 인원들과 정문의 경비를 섰던 인원들이 저택으로 뛰어왔다.

　저택은 폭발 소리에 놀란 비명과 폭발로 일어난 먼지들로 인해서 아비규환이었다.

　"교환! 교환!"

　그리고 정문의 경비실에선 한 명이 전화기를 들고 급히 전화를 돌리고 있었다. 그가 외치는 소리가 거리가 꽤 있는 짱돌과 샌님이 숨어 있는 곳까지 들렸다.

　두 사람은 폭발이 일어나고 모든 사람이 폭발에 신경이 팔린 사이 다시 담장을 넘어서 유유히 저택을 탈출했다.

어젯밤 있던 일의 결과가 궁금해서인지 새벽 해가 떠오르기도 전 검푸른 하늘 샛별이 반짝이고 있을 때에 일어났다.

"젠장."

20년을 넘는 시간 동안 혼자서 잠들고 혼자서 일어나는 게 일상이었다. 특별한 경우 친구들과 놀러 가거나 학교의 수련회, OT, MT를 제외하고는 누군가와 함께 살을 부딪치며 잠들고 일어난다는 것은 상상도 해 본 적이 없었다.

하지만 오늘은 일어나서 나 혼자 있다는 게 이렇게 쓸쓸할 수 없었다. 동경에 있으면서 찬주와 같은 침대를 공유했던 그 느낌이 그리웠다. 다른 사람의 체온이 주는 안정감은 정말 컸다.

"전하, 부르셨습니까?"

낮게 중얼거린 욕지거리가 바깥을 지나가던 하인에게 들렸는지 하인의 목소리가 들렸다.

"아무것도 아니다."

"기침하셨으면 세숫물을 올리도록 하겠습니다, 전하."

"그러게."

처음 이 운현궁으로 왔을 때는 이 시대에는 당연히 다른 사람이 세숫물을 가져다줘야 하고 거기서 씻어야 한다고 생각했다. 미래에서 당연하게 생각했던 욕실은 이곳에는 없는 줄 알았다.

그러다 동경 생활을 하면서 욕실을 보고 현대와 비슷하다는 걸 느낀 다음부터 이렇게 씻는 것이 불편해졌다. 거기다 이로당의 방을 개조해서 욕실을 만들어 놓은 것을 보고 노락당에도 같은 것을 공사해야 할까 하는 생각이 들었다.

그러나 그 생각은 이내 사라졌다. 이 집은 이 몸의 원래 주인 이우의 것이기는 했지만, 과거로부터 이어져 오는 역사의 현장이었다. 그리고 지금 조선에서 가족들과 따로 생활하는 것은 독립을 위한 일이었다.

독립 이후에도 이곳에서 생활한다면 노락당의 욕실만 해도 충분했다. 내가 잠시간의 불편을 감수하는 것이면 충분했다. 미래의 상식이 있는 나에게 엄청난 문화재를 나의 편의를 위해서 고친다는 건 내키지 않았다.

"조반은 가족들과 함께할 것이니 같이 준비하도록 하게."

내가 일찍 일어나서인지 오늘 아침의 세숫물은 시월이가 아닌 다른 아이가 가지고 들어왔다. 그 아이에게 말을 하자 고개를 숙이면서 대답했다.

"그리하겠습니다, 전하."

세수를 마치고 옷을 정리한 이후 이로당으로 걸음을 옮겼다.

이로당의 마당으로 들어서니 새벽에 깨서 잠투정을 한 것인지 유모가 수련이를 품에 안은 상태로 마루를 왔다 갔다

하고 있었다.

내가 이로당으로 들어서자 유모가 급히 인사를 해 왔다. 수련이를 안은 상태여서 평소처럼 깊은 인사는 아니었지만, 나를 볼 시간도 아닐 때에 보아서인지 아이가 살짝 놀랄 정도로 급히 고개를 숙였다.

유모의 움직임에 그녀의 어깨에 머리를 묻고 다시 잠이 들기 위해 노력하던 수련이가 깨어나서 울음을 터트렸다.

"이리 주게."

인사를 크게 한 것을 뭐라고 할 수도 없었고 내가 이제 막 해가 떠오른 이른 시간에 이곳으로 온 것이 특이한 일이어서 유모가 놀라는 게 이상하지도 않았기에 그녀로부터 수련이를 넘겨받았다.

"송구하옵니다, 전하."

"아닐세, 새벽부터 일어나느라 잠이 부족할 터인데 가서 더 자도록 하게, 오늘 오전은 내가 집에 있으니 쉬어도 좋네."

유모에게 그만 가 봐도 됨을 알렸다. 그녀의 눈 밑에 있는 그늘을 보니 수련이의 잠투정이 얼마나 심했는지 알 수 있었다.

아이는 잠결이었지만 나를 알아보고는 나에게 안겨 왔다. 그런 아이의 등을 두드려 주니 놀라 흐느끼던 것을 금방 멈췄다.

수련이를 품에 안으니 성인보다는 1도 정도가 더 높은 아이의 체온이어서 따뜻함이 느껴졌다. 일어났을 때에 불안했던 마음들이 조금씩 진정되고 혼란스럽던 머리도 진정이 되었다.

친일파 혹은 민족 반역자, 일본 제국의 부역자 등 많은 이름으로 부를 수 있는 사람들이다. 해방이 아닌 독립을 한 이후 처단을 해야 했다. 새로이 제정될 법으로 그들에게 정당한 처분이 내려질 것이지만, 그중에서는 분명 사형을 받는 사람도 있을 것이었다.

하지만 나의 의지로 처음 한 사람에 대한 척살 명령이 내려졌다. 다른 사람의 생명을 빼앗는 결정을 한 것이기에 그것이 범죄자라고 해도 편안한 마음은 아니었다.

그런 것 때문에 쉽게 잠을 이루지 못하고 뒤척이다 잠들었고, 아침에도 일찍 일어나게 되었다.

실패에 대한 불안함과 살인 명령에 대한 두려움 등 온갖 감정이 머릿속과 마음을 어지럽히고 있었는데, 수련이의 체온이 나를 진정시켰다.

해가 떠오르고 하인들이 나와 마당을 쓸기 시작할 때쯤 수련이의 숨소리도 고르게 변했다. 고개를 살짝 틀어서 보니 편안한 얼굴로 잠이 들어 있었다.

아이를 안고 방 안으로 들어가니 찬주가 일어나 있었다.

"유모는 어디 가고 오라버니가 데리고 들어오세요?"

혹시라도 잠이 든 수련이가 깰까 봐 수련이를 찬주의 침실에 있는 아기 침대에 살며시 내려놓고 대답했다.

　"아침에 오니까 유모가 재우고 있는 걸 내가 넘겨받았어."

　"잘하셨어요. 유모가 밤새 잠을 못 잤을 거예요. 요즘은 안 그랬었는데, 오늘 이상하게 잠투정을 많이 하네요."

　수련이도 어젯밤에 일어난 일들을 알고 있어서 잠투정을 한 것 같았다. 물론 이제 막 옹알이를 시작한 수련이가 그런 것을 알고 있을 리 없지만, 왠지 그런 느낌이었다.

　"우리도 잠이 오지 않을 때가 있는 것처럼 아이들도 그런 시간이 있을 거야."

　찬주는 내가 하는 말이 조금 재미가 있었는지 웃음을 짓고는 욕실로 들어갔다.

　언제 울었냐는 듯 잠이 들어 미소를 짓고 있는 수련이의 얼굴을 가만히 바라보고 있으니, 어젯밤 일이 잘 해결되었을 것이라는 생각이 들었다.

6장

어두웠던 밤의 기운이 사라지고 해가 떠올랐다.

마당의 나무들이 가을의 기운을 받아서 붉고 노란색으로 물들기 시작했다. 조금 일찍 물이 들어서 떨어진 나뭇잎들을 하인들이 쓸어 내었고 나를 감시하는 종로서의 형사들도 집 안 곳곳으로 위치했다.

그런데 평소에는 형사들만 보이던 경호 인력에 군복을 입은 인물들도 몇 명 보였다. 어제 있었던 일이 잘못된 건 아닌가 마음이 불안해졌으나 아직 아무 말도 없어 마음의 준비만 하고 특별히 행동하거나 하지는 않고 평소처럼 행동했다.

아직 잠들어 있는 수련이를 제외하고 가족들과 함께 아침

밥을 먹었다.

아침 햇빛이 좋아 잠에서 깬 수련이를 무릎에 앉히고 마루에 앉아 있으니 하야카와가 매일신보를 가지고 왔다.

처음 이곳으로 왔을 때까지만 해도 일부 한글로 되어 있는 신문인 조선일보와 동아일보도 있었는데, 내가 일본에 있는 사이에 총독부의 민족말살정책의 하나로 완전 폐간되어 내가 읽는 신문은 매일신보 하나였다.

일본인이 발간하는 다른 신문도 있었으나 총독부의 기관지와 다름없는 매일신보의 신문 기사와 차이를 찾을 수 없어서 매일신보 하나만 구독하고 있었다.

하야카와가 건넨 매일신보를 받자 가장 첫 페이지의 톱뉴스가 바로 보였다.

경인기업 회장 최흥철 피살.

경인기업 회장이자 구성금광의 사장 그리고 경기도회 의원인 최흥철 의원이 어젯밤 자택에서 피살됐다. 괴한의 침입 방법은 아직 밝혀지지 않았으며 괴한들은 1층의 주방에 폭탄을 설치 폭파하였고……

혹시나 일이 잘못되면 어쩌나 한 걱정들을 무색하게 만들면서 그들이 성공을 한 것 같았다.

아직 요원들이 경성에서, 또 조선에서 잘 빠져나갔는지는 알 수 없었으나 일단 폭발 이후 최흥철의 자택에서 빠져나간 데에는 성공한 것 같았다. 계획했던 모든 일에 대한 결과를 확인한 것은 아니었지만, 가장 큰 부분이었던 폭파가 성공해서 다행이었다.

"우와, 우와."

한창 말귀를 알아듣는 수련이가 자신의 눈앞에 있는 신문의 사진과 글씨가 신기한지 손을 가져다 대면서 무어라 말을 했다. 아이가 하고 싶은 대로 신문을 놔두고 마루 아래에 서 있는 하야카와에게 말했다.

"하야카와, 첫 기사를 봤는가? 최흥철 회장이 피살되었다는군."

"그렇습니다, 전하. 훌륭한 기업인이었는데, 안타깝습니다. 남에게 원한을 살 만한 인물로는 보이지 않았는데 누가 그랬는지 황망할 뿐입니다, 전하."

하야카와는 매우 안타깝다는 표정으로 말을 했다.

일본인의 입장에서는 최흥철이 능력 좋은 기업가이자 천황을 위해 헌신을 하는 인물이었지만, 조선인의 입장에서는 최악의 친일파, 악질 민족 반역자였다.

"그대에게는 안타깝겠군. 나……는……."

뒤에 말을 더 붙이려다 말꼬리를 흐려 버렸다. 내가 굳이 표현하지 않아도 하야카와나 마당 끝에서 우리 대화에 귀를 기울이고 있는 종로서 형사도 뒷말은 짐작할 것이다. 하지만 내 입으로 나온 말과 그들이 짐작한 말은 그 비중이 다른 것이다. 그래서 그들에게 좋은 기회를 주지 않기 위해 말을 흐렸다.

"12시에 야스히토 전하를 뵙고 호텔에서 점심을 함께하기로 했으니 그렇게 알고 준비하도록 하게."

내가 말끝을 흐려 어떤 대답도 못 하고 서 있던 하야카와에게 말을 하자 그제야 대답을 했다.

"그렇게 준비하도록 하겠습니다, 전하."

하야카와가 떠나가고 나서 나의 무릎에 앉아 신문을 만지작거리던 수련이가 신문 기사에 실려 있는 최흥철의 사진을 반으로 찢어 버렸다.

"우리 수련이 손에 힘도 세졌구나!"

아이들과 놀아 주다 보니 어느덧 약속된 시간이 다 되어서 야스히토 친왕을 만나기 위해서 일어났다.

약속은 나 혼자 가기로 해 떨어지지 않으려는 수련이와 청이를 떼어 놓고 혼자서 운현궁을 나섰다.

✻✻✻

차를 타고 조선호텔로 향하는데 황토색 복장을 갖춘 육군과 하얀 천에 붉은색 글씨로 '憲兵'이 쓰인 천을 왼쪽 팔에 두르고 있는 육군 헌병이 온 거리를 메우고 있었다.

살벌한 군인들의 기세 때문인지 평소라면 주말이라 가득 찼을 육조거리와 덕수궁의 앞길도 군인들만 보였다.

"하야카와, 부대에서 연락 온 것은 없었나?"

　주말이라 부대에 출근하지 않았는데 온 시내에 군인들이 나와 있는 것을 보니 나도 출근을 해야 하는가 하는 생각이 들었다.

"부대에서 비상사태로 경호 인력을 파견하겠다고 알려 왔습니다. 그리고 전하께 되도록 외출하지 마시고 궁에 계실 것을 요청해 왔었습니다."

"나는 들은 것이 없는데, 그런 연락이 왔었나?"

　평소 나에 대한 건 사소한 것도 와서 확인했던 하야카와였기에 이번 일을 이야기하지 않은 것이 이상해서 물었다.

"일전에 전하께서 군에서 오는 연락 중 소인이 처리할 수 있는 것이라면 굳이 이야기하지 말라고 하셔서 그랬습니다, 전하."

　하야카와의 말을 듣자 내가 아닌 원래 이우 공의 기억이 하나 떠올랐다. 평소 군대에 대해서 애정이 없던 이우 공은 귀찮은 일을 피하려고 하야카와에게 그렇게 지시한 적이 있었다.

"아아, 내가 그랬던 게 기억나는군."

"앞으로 모든 사항을 전하께 보고하겠습니다."

　군에서 온 연락을 이야기하지 않은 걸 내가 언짢아한다고 생각한 것인지 하야카와가 말을 했다.

"아닐세. 내가 잠시 기억을 못 한 것이니 신경 쓰지 말고 그대로 하게."

중요한 문제들은 나에게 와서 확인을 하고 내가 몰라도 되는 연락들을 하야카와가 처리하는 것이어서 예전과 같이 했동하도록 말을 했다.

부대에서 연락이 왔고 외출을 자제해 달라고 요청을 했다는 것은 내가 부대로 출근하지 않아도 된다는 이야기와 똑같았다. 아무래도 포병인 내가 가서 할 일이 있을 것 같지도 않았다. 치안 유지는 보병과 헌병이 하는 일이었다.

"그럼 앞으로도 제가 처리하도록 하겠습니다, 전하."

"아, 외출을 자제해 달라고 했는데 호텔로 가도 괜찮은 것인가?"

사령부에서 온 연락에 외출 자제라는 내용도 있어서 하야카와에게 다시 물었다.

"외출을 자제해 달라고는 했지만 다른 사람도 아니고, 야스히토 친왕 전하와의 약조인데 문제가 되지 않을 것 같아 말씀 안 드렸습니다, 전하."

"아~ 하긴 그렇겠군."

아무리 군국주의 국가라고 해도 엄연히 천황이 있고 황족이 있는 나라다. 야스히토 친왕은 총독부나 조선주둔군이 관여를 할 수 있는 인물이 아니었다.

서울역 근처를 지나가는데 모든 차량을 세워서 검문하고 있는 게 보였다. 중앙 차로는 비어 있고 군인들이 다가오는 차들을 갓길로 인도해서 차량 검문을 진행하고 있었다.

내가 뒷좌석에 쳐져 있는 커튼을 열어서 바깥 상황을 살피자 소총을 어깨에 메고 있는 군인이 검문하기 위해 갓길로 정차할 것을 수신호로 지시했다.

종로서 차량이 갓길로 정차하자, 군인들은 우리 차량도 갓길로 정차할 것을 요구했다. 그러자 조수석에 타고 있던 하야카와가 창문을 내리고 말했다.

"이 차량은 이우 공 전하께서 타고 계신다."

하야카와가 말을 하자 우리 차량을 가로막았던 군인이 차량 앞에 달린 기를 바라봤다. 지금 내가 타고 있는 차 앞에는 조선 왕실을 뜻하는 오얏꽃 문양이 그려진 작은 기가 달려 있었다.

우리 차를 가로막았던 군인은 그 기를 확인하고, 지금 검문 중인 종로서 차량의 인물들에게 무언가 말을 듣자마자 바로 우리 차량을 향해서 경례했다. 차량의 조수석에 타고 있는 하야카와가 나를 대신해서 경례를 받자 경례를 한 군인이 다가와서 말했다.

"전하께서 타고 계신 차량은 괜찮지만 경호 차량은 검문을 해야 하니 잠시만 기다려 주십시오."

"알겠네."

하야카와가 대답하고는 창문을 다시 올렸다.

잠시 기다리자 종로서 형사들의 차량 검문이 끝이 났고, 우리 차 앞으로 다시 복귀했다.

호텔로 들어가니 평소라면 많은 사람이 있었을 호텔 로비에 직원 몇 명을 제외하고는 사람을 찾아볼 수 없었다. 아니, 사람은 많았으나 손님이 없었다. 다만 군인들이 로비를 점령하고 있어서 들어오는 호텔 입구에도 한 개 중대 정도 되는 군인들이 서 있었던 것과 통일감을 이루고 있었다.

"이우 공 전하, 어서 오십시오."

내가 입구로 들어서자 호텔의 지배인이 다가와 인사했다.

"어째 호텔 내부가 평소와는 다른 것 같군."

"어제 있었던 암살 사건으로 경비가 강화되어 그렇습니다, 전하."

경비를 강화해야 하는 이유는 알겠는데, 이건 심하다는 생각이 들었다.

"이렇게 호텔 내부까지 군인이 들어와 있으면 손님들이 위화감을 느껴서 휴식을 취할 수 있겠는가?"

"정상 영업 중이라면 문제겠지만, 지금은 총독부의 지시로 2일 전 오후부터 일반 손님들은 거절했습니다. 이제 보니 어제 있었던 암살 사건에 대한 첩보가 들어왔던 것 같습니다. 그래서 현재 호텔에는 야스히토 친왕 전하만 계셔서 괜찮습니다. 신경 써 주셔서 감사합니다."

어제 있었던 암살 사건으로 야스히토 친왕의 경비가 강화되면서 있던 손님들을 전부 내보낸 것 같았다. 야스히토 친왕 정도라면 충분히 가능한 이야기였다.

그 말을 듣자 지금 로비를 차지하고 있는 군인들과 호텔 입구의 군인들이 이해가 되었다.

친일파 최흥철이 암살된 것은 개인적 원한일 수도 있지만, 일본인들이 말하는 불령선인들의 소행일 가능성도 컸다. 그렇다면 그들이 죽었을 때 가장 큰 효과를 볼 수 있는 사람은 야스히토 친왕이었기에 친왕의 경호가 강화된 것은 어쩌면 당연하였다.

"아니네. 그건 그렇고 친왕 전하는 어디에 계신가?"

"레스토랑에서 기다리고 계십니다. 제가 안내하겠습니다."

기다리고 있다는 말에 안주머니에 있는 시계를 꺼내어서 시간을 확인하니 12시에서 5분 정도 지나 있었다.

지배인의 안내를 따라 레스토랑으로 가니 테라스에 야스히토 친왕이 쏟아지는 햇볕을 받으며 앉아 있었다.

"늦어서 죄송합니다, 전하."

내가 인사를 하자 햇볕 아래에서 바깥의 풍경을 보고 있던 야스히토 친왕이 고개를 돌려서 나를 봤다.

"아, 생각보다는 일찍 왔군. 바깥 상황이 상황이다 보니 조금 더 늦을 줄 알았는데, 거의 시간은 맞췄네. 이리 앉지."

야스히토는 자신의 맞은편 자리를 가리키며 말했고, 그 자리의 의자를 지배인이 당겨 주었다.

"음식은 알아서 가져다주게."

내가 자리에 앉자 야스히토 친왕이 지배인에게 이야기했다.

"저 군인들이 보이는가?"

야스히토 친왕은 손으로 그의 경호를 위해서 호텔 앞에 대기 중인 군인들을 가리키며 말했다.

"그렇습니다, 전하."

"저들이 어제저녁부터 저러고 있다네. 나에 대한 테러 첩보가 들어왔다고 말이야. 그런데 정작 죽은 것은 이 사람이네. 어떻게 생각하는가?"

야스히토 친왕의 손끝에는 어제 죽은 최흥철의 사진이 있었다.

"평소 원한이 있던 인물이 한 짓이 아닐까 생각됩니다, 전하."

그들이 무엇을 위해 그를 죽였는지는 잘 알고 있었지만, 사실대로 말할 수는 없었다. 그대로 이야기하면 일본인들 입장에서는 내가 테러리스트의 수뇌였고, 죽여야 하는 1순위 인물이었다.

"아니지. 경찰들은 그리 생각하는지 모르겠지만, 우리는 그렇게 생각하면 안 되지. 다른 인물도 아니고 대한제국 황실 입장에서 이자는 민족 반역자가 아닌가? 그렇다면 죽여야 하는 인물 중의 한 명일 테고."

야스히토 친왕의 이야기에 잠시 어떤 대답을 해야 할지 고민을 했다. 야스히토는 나의 대답을 기다리는 것인지 자신의 앞에 있는 물을 한 모금 마시고 담뱃불을 붙였다.

"표정을 숨기는 일이 익숙하지 않았지만, 지금은 아주 익숙해졌다고 생각합니다, 전하."

나의 독립 의지를 알고 있는 야스히토에게 어떠한 대답을 해도 거짓말처럼 비칠 수 있었기에 완전히 다른 말로 대답을 했다. 하지만 야스히토 친왕이라면 충분히 나의 말뜻을 알아차렸을 것이었다.

"재미있군……그래. 어떻게, 이우 공이 생각하기에는 함께 스키를 타러 가기로 했던 약속을 내가 지킬 수 있겠는가?"

첫마디를 내뱉고 미소를 지으며 담배를 길게 한 모금 피우더니 다음 말을 이어서 했다. 우리가 스키를 타러 간다고 이야기만 했지 정확히 언제라는 기간을 이야기한 적은 없었다. 그런 약속을 이야기하는 진의를 잠시 생각하니 알 수 있었다.

"전하께서 시간만 내어 주신다면 언제라도 가능할 것이옵니다."

그의 질문은 자신이 암살 대상에 포함되어 있는 물어 오는 것이었다. 나의 대답으로 어떤 식이든 이번 암살 사건에 내가 연관되었다고 생각할 수도 있었지만 대답을 했다.

"그런가? 하하하! 그래, 내가 바쁜 것이지. 언제 진짜 시간 한번 내서 타러 가야겠네."

야스히토 친왕은 호탕하게 웃음을 터트렸다.

그의 웃음이 끝나갈 때쯤 미리 주문해 놓았던 음식들이 나오기 시작했다.

음식은 조선의 전통 음식들이었는데 언젠가 텔레비전에서 본 적이 있었던 구절판과 탕평채, 신선로 같은 궁중 요리들이 탁자 위에 올라왔다.

"예전 이조 시절 대령숙수였던⋯⋯."

"그만, 음식들 앞에 두고 무슨 설명인가. 가 보도록 하게."

지배인이 와서 나오는 음식들을 설명하려고 하는데 첫마디가 이조 시절이었다. 결국 야스히토 친왕의 인상이 찌푸려지더니 지배인의 말을 손을 들어 끊고 축객령을 내렸다.

평소 일본에서 조리장이 나와 음식에 관해서 설명하는 것을 주의 깊게 들었던 야스히토 친왕의 성격을 보면 이 부분은 나를 배려한 것이었다. 이조 시대, 조선의 왕실을 폄훼해서 부르는 그 명칭을 내가 불편해할까 봐 배려한 것이다.

"첫날 경기는 너무 일방적이어서 실망했었는데, 어제 경기는 재미가 있었어. 예전 동경에서 보았던 조선 선수들의 실력을 다시 볼 수 있어 만족스러웠네."

야스히토 친왕은 가라앉은 분위기를 바꾸기 위해서 어제 동대문 운동장에서 있었던 4강전에 관해서 이야기했다.

첫날 전 경기를 보지 못하고 돌아갔던 야스히토 친왕은 둘째 날 경기에는 전날보다 많은 경호 인력을 데리고 와서 나와 함께 경기를 관람했다.

4강전은 정식 구단들 간의 경기여서 수준 차이가 났던 첫날과 다르게 박빙의 경기를 연출했고 재미가 있었다.

"예전의 실력이 어땠는지는 제가 본 적이 없어서 모르겠으나 확실히 어제 경기는 첫날보다는 재미가 있었습니다, 전하."

"아쉽게 되었어. 이런 상황이니 오후에 예정되어 있던 경기를 하기는 힘들 것 같구먼."

혀를 차면서 말을 하는 야스히토 친왕의 표정에는 진심으로 아쉬움이 담겨 있었다.

"제가 듣기로도 결승에 진출한 두 팀 평양축구단과 경성축구단은 평소에도 맞수로 유명하고 실력도 조선 내에서 1, 2위를 다투는 팀이라 기대가 되었는데……. 일단 한번 확인을 해 보도록 하겠습니다, 전하."

"그래, 혹시라도 예정대로 진행될 수 있으니 한번 알아보도록 하게나."

야스히토 친왕의 허락이 떨어지자 나는 조금 떨어진 곳에 서 있던 하야카와를 불러 알아보도록 지시했다.

원래 암살 사건이 일어나기 전에는 호텔에서 같이 밥을 먹고 3시부터 진행될 축구 결승전을 관람하기로 했으나, 어제의 사건으로 일정대로 진행될 수 있을지 알 수 없었다.

　나의 말을 듣고 알아보러 갔던 하야카와는 금방 다시 들어와서 결승전이 취소되었음을 알려 왔다.

　이런 상황에서 정상적으로 결승전이 진행된다는 것도 웃기기는 했다.

　경성에서 움직이는 모든 인물과 차량에 대해서 검문을 하고 시내 곳곳에 엄청난 숫자의 군인들이 나와 있는데 조선인들이 모이는 일정을 그대로 진행한다는 것 자체가 무리였다.

　"조선 최고의 두 팀이 하는 경기여서 기대했는데 아쉽게 되었군. 이리된 김에 전이 이야기하였던 등산이나 가는 건 어떤가? 이곳 북악산이 높지는 않으나 경성의 경치를 한눈에 보기에 좋은 곳이라고 들었는데, 그리로 등산을 가지."

　"알겠습니다, 전하."

　원래 오늘 일정은 식사 후 축구를 관람하는 게 끝이었는데 그 일정이 취소되어서 별다른 일이 없었기에 야스히토의 제안을 받아들였다.

⁂

　식사를 마치고 하야카와가 가지고 온 운동화와 편한 옷으로 갈아입었다. 이곳에 올 때에는 격식을 갖추기 위해서 양복에 구두를 신고 왔기에 하야카와가 나의 옷을 운현궁에서 급히 공수해 왔다.

"내 차를 타고 같이 가지."

준비를 마치고 호텔의 현관에서 기다리고 있자 등산할 준비를 마친 야스히토 친왕이 와서 제안했고 그의 차량에 탔다.

그의 차에 타서 출발하려고 하자 나에게 한 대의 차가 경호 차로 붙는 것과는 다르게 병력이 가득 차 있는 트럭 두 대와 승용차 두 대가 경호를 위해서 앞뒤로 두 대씩 붙었다.

호텔을 나와서 북악산으로 가는 사이 차는 단 한 번의 멈춤도 없었다. 내가 이곳으로 오면서 검문을 받았던 서울역 앞의 검문소도 이미 연락을 받았는지 검문을 하지 않고 오히려 전 병력이 도열해서 경례를 했다.

"장관입니다."

한 개 대대 정도의 병력이 서울역 앞 대로에서 모든 차량을 통제한 채 경례를 하는 모습은 비록 일본 제국의 군인이었지만 장관이었다.

"이우 공도 이런 경례를 자주 받지 않나? 공 역시 공족으로 황족과 같은 대우를 받지 않는가?"

야스히토 친왕은 이상하다는 듯 고개를 갸웃하면서 물었다.

"법률상으로는 그러나 이 정도 대우를 받은 적은 없사옵니다. 친왕이신 전하와 공족인 제가 같다는 것 자체가 말이 되지 않사옵니다."

"그렇군. 이것도 처음에나 그런 생각이 들지 익숙해지면 귀찮을 뿐이네."

자조적인 미소를 짓고 있는 야스히토 친왕이 하는 말의 뜻을 나도 알 것 같았다.

처음 이곳으로 왔을 때 모든 사람이 나에게 존대하고 경례를 하는 것이 신기했으나 지금은 답답하기만 했다. 나에게 진정으로 호감을 느끼고 다가오는 인물은 없었고, 다들 나를 이용해 권력을 얻어 보려는 자들뿐이었다. 속마음을 터놓고 이야기할 수 있는 친구는 없었다.

야스히토 친왕의 귀찮다 이 한마디 말속에는 그 같은 뜻이 담겨 있는 것 같았다.

북악산 입구에 도착해 등산을 위한 준비를 하고 등산을 시작하려고 하니 군인들 한 개 소대가 우리보다 먼저 등산로로 출발하려고 했다. 나머지 세 개 소대도 등산을 하기 위해서 준비하고 있었다.

"야마모토 중좌!"

야스히토 친왕은 무언가 화가 난 듯 큰 목소리로 외쳤다.

"핫!"

야스히토 친왕의 말에 붉은색 세 줄 위에 별 두 개가 달린 중좌의 계급장을 달고 있는 40대 정도의 사람이 우리 쪽으로 뛰어와 차렷 자세를 취했다.

"지금 이 등산하는 곳까지 따라오겠다는 것인가?"

"그, 그게 저희는 친왕 전하의 경호대입니다. 근접 경호를 하려면 어쩔 수 없이……."

중좌가 당황한 표정으로 변명을 하려고 하자 야스히토 친왕은 손을 들어서 그의 말을 끊고 말했다.

"자네 눈에는 여기 있는 이우 공이 그 테러리스트라고 생각이 되는가?"

"아, 아닙니다! 전하."

"그럼 저기 있는 저 친구들이 테러리스트 같나?"

야스히토 친왕은 자신의 짐을 들고 있는 하인과 하야카와 그리고 자신의 집사를 가리키면서 말했다.

"아닙니다, 전하!"

야마모토 중좌는 무슨 의도로 이야기하는지 모르겠다는 듯 당황한 얼굴로 대답했다.

"오늘 내가 이곳으로 오는 걸 아는 사람이 있는가?"

"급히 변경된 일정이라 경무국에서도 정확한 목적지는 알지 못했습니다. 경복궁 북쪽으로 간다는 것만 알고 있어 여기 이곳의 인원만이 친왕 전하께서 북악산으로 왔다는 것을 알고 있습니다."

"그런데 굳이 이 많은 병력이 정상까지 올라갈 필요가 있다고 생각하나? 나는 저 소총 덜거덕거리는 소리는 안 듣고 여기 이우 공과 조용히 등산을 하고 싶네. 어떻게 생각하는 가, 야마모토 중좌?"

한참 야스히토 친왕의 질문에 바로바로 대답하던 야마모 토 중좌가 말문이 막힌 듯 대답이 없이 조용히 있었다.

"왜 대답이 없는가? 내가 무슨 말을 하는지 모르겠나, 중 좌?"

"하, 핫! 아닙니다! 하지만 지금 같은 시기에 경호 병력이 없이 등산하시는 것은……."

야마모토 중좌는 하늘 같은 야스히토 친왕의 뜻을 거스르 는 말을 하다가 다시 친왕의 손짓에 말문을 닫아야만 했다.

"여기 이 산은 경복궁의 뒷산으로, 통제가 되어 있는 것으 로 아는데 아닌가?"

"그, 그렇습니다, 전하."

"이곳은 통제된 곳이고, 내가 이곳으로 오는 것도 오늘 결 정된 것이며, 아는 사람도 이곳에 있는 이들이 전부인데 이 산 위에서 내게 무슨 일이 일어날 것 같은가?"

야스히토 친왕이 산을 가리키면서 하는 말 한마디 한마디 가 더할수록 야마모토 중좌의 표정이 안 좋아졌다.

"하오나, 전하."

"그만. 나는 조용히 등산을 하고 싶네. 자네와 병력은 이 곳에서 대기하게."

야스히토 친왕의 명령에 야마모토 중좌가 거부를 하기 위해서 말을 꺼내려고 했지만, 말도 꺼내기 전에 야스히토 친왕의 손에 제지당했다.

"명령이네."

"하, 핫!"

명령이라는 한마디로 끝이었다. 군국주의의 국가에서 상관의 명령은 절대적이었다. 내 감시자인 나의 경호원들과는 다르게 야스히토 친왕의 경호대는 그의 명령이 절대적인 존재들이었다.

야마모토 중좌는 더 말을 하지 못하고 먼저 출발하려고 올라가던 소대 병력을 다시 끌어 내렸다. 그리고 나를 따라 출발하려고 했던 종로서 형사들 역시 야스히토 친왕의 말을 듣고는 자신의 차로 돌아갔다.

등산을 시작하자 짐을 들고 오는 하인 두 명과 나와 야스히토 친왕의 집사 두 명, 총 네 명만이 따라 올라왔다.

야스히토 친왕과 나는 아무런 말도 없이 등산을 했다. 북악산의 중턱 차량이 올라올 수 있는 끝부분부터 시작된 등산이었다.

1시간 30분 정도 지나자 하늘을 가리고 있던 나무의 숲이 조금씩 없어지기 시작했다. 밝은 햇볕을 가려 그늘을 만들어주던 나무들이 줄어드니 오후 4시 정오보다는 약해진 햇살이 느껴졌다.

햇살을 보기 시작하고 얼마 지나지 않아서 정상으로 가는 능선 위로 올라설 수 있었다.

"아직 아래를 내려다보지 말게."

능선 위에 올라서자마자 야스히토 친왕은 뒤를 돌아보려는 나에게 말했다.

"뒤를 돌아보지 말라는 말씀이십니까, 전하?"

"그래, 아직 정상이 아니야. 큰 성공을 위해서는 목표에 도달할 때까지 뒤돌아보지 않는 것이 좋아."

야스히토 친왕은 나에게 웃음을 지어 보이고는 뒤돌아서며 이어서 이야기했다.

"지금 정상이 아닌 이곳에서 풍경을 보고 나면 정상에 올라 보는 풍경에서 감동을 느끼지 못하네. 힘든 것을 참고 보고 싶은 유혹을 참고 올라가 정상에 섰을 때 그 희열감을 이우 공도 느껴 보았으면 좋겠네. "

"그리하도록 하겠습니다, 전하."

잠시 쉬었던 것을 끝내고 먼저 출발을 하는 야스히토 친왕의 뒷모습에 대고 대답하고 다시 능선을 따라서 걸었다. 되도록 주위의 풍경을 보지 않고 내가 가야 할 길과 정상만을 보면서 걸었다.

능선을 따라 걸으며 야스히토 친왕이 했던 말을 다시 한 번 생각해 보았다.

정상이 오를 때까지 유혹을 참고 정상에 올라야 한다.

비단 등산만의 이야기는 아니었다. 지금의 나는 내가 하는 독립 전쟁 준비가 바로바로 성과가 났으면 하는 조바심이 있었다. 내가 걷고 있는 길이 정답이라는 확신을 얻고 싶었다.

어제 일어난 암살로 인해서 앞으로의 역사는 내가 알고 있는 것과 다르게 변할 것이다.

지금까지와는 다른 큰 사건이었다. 역사의 큰 물줄기가 바뀌는 것인지는 알 수 없었으나 변할 것이란 건 확실했다.

내가 그 변화에 적응하고 나아가 그 물줄기를 조절할 수 있을 것인지 확신이 들지 않았다.

혹시 역사의 물줄기에 휩쓸려 버리는 것은 아닌지 불안했다.

미래에서 가끔 망상으로 '만약 총독부에서 간 정보가 아닌 우리 민족을 대변하는 단체가 미군정과 접촉하였다면 대한민국이 더 좋은 나라가 되지 않았을까?' 하고 생각했다.

김구 선생이 암살을 당하지 않았으면 역사가 바뀌지 않았을까?

우리나라 군부가 정치에 관여를 하지 않았으면 대한민국은 또 다르게 바뀌지 않았을까?

하지만 막상 이곳으로 오고 나니 한 가지의 사건이 전부가 아니라는 것을 느꼈다.

역사는 한 가지 큰 사건이 아니라 매일매일의 일들이 쌓여서 된다는 것을 피부로 느꼈다. 그래서 내가 하고 있는 일들이 앞으로의 역사 전체를 변화시킬 것이라는 점을 느꼈고, 사소한 행동도 조심히 했다.

하지만 야스히토 친왕의 말을 곱씹다 보니 내가 너무 낮은 위치에서부터 결과를 확인하고 싶어 한 것은 아닌지 반성하게 되었다.

최소한 능선에 오르기 전까지는 알 수 없는 결과, 산을 오르면서 많은 나무에 가려져 볼 수 없는 하늘처럼 아직은 볼 수 없는 것이다. 조금 더 지나 능선에 올라서고 정상에 오를 때 그 결과를 확인하면 나와 또 나의 조국을 위해서 좋지 않을까 생각이 되었다.

북악산은 중턱에서부터 시작해서인지 그리 높지 않은 산이었다. 능선에 오르고 얼마 지나지 않아서 정산이 눈에 들어왔다. 큰 암벽 위로 우뚝 솟아 있는 암벽이 나왔다.

"자."

야스히토 친왕은 자신이 먼저 정상 암벽으로 올라간 뒤 나에게 손을 내밀었다. 그가 내민 손을 잡고 정상으로 올라섰다.

"어떤가?"

북악산 정상에서는 경성이 한눈에 들어왔다. 등 뒤로는 북한산이 오른쪽으로는 인왕산이 그리고 중앙으로 경복궁이 한눈에 들어왔다. 그리고 경복궁을 가로막고 서 있는 조선총독부 건물도 보였다.

경복궁을 지나 시선을 왼쪽으로 돌리니 창덕궁 너머로 종로거리와 일본인 거리인 혼마치도 보였다.

올라오면서 보았던 군인도, 거리에 군인들로부터 검문을 받던 조선인들도 보이지 않았다. 조선총독부 건물만 빼고 나면 아름다운 경성이었다.

"아름답습니다."

"아름답지. 이리 앉게."

짐을 가지고 온 하인들이 어느새 앉을 수 있는 자리와 간단한 다과상을 준비해 놓았다.

산행을 출발했을 때 머리 위에 있던 해는 어느덧 일몰을 향해서 가고 있었다. 쏟아지던 햇살도 뜨겁던 날씨도 사라지고, 붉은 노을이 오늘의 마지막이 다가옴을 알렸다.

"해가 지고 어둠이 오겠군."

"이제 하산을 해야 할 것 같습니다, 전하."

"그래, 내려가도록 하지."

올라온 길을 되짚어서 내려오기 시작했다.

얼마 지나지 않아 붉게 타오르던 노을도 없어지고 어둠이 깔렸다. 산속은 빠르게 어둠으로 들어갔기에 하인들이 가지고 온 각등角燈의 불빛에 의지해서 내려왔다.

올라갔던 길의 중간 정도 내려오니 야마모토 중좌를 필두로 야스히토 친왕의 경호 부대가 보이기 시작했다.

"친왕 전하, 밤이 어두워 혹 사고라도 나실까 명령을 어기고 올라왔습니다. 송구하옵니다, 전하."

우리 일행을 발견하자 야마모토 중좌가 뛰어 올라와 야스히토 친왕에게 예를 표하고는 용서를 구했다.

야스히토 친왕도 그런 그의 행동을 나무라기보다는 격려를 해 주고 그들의 경호를 받으면서 차량이 있는 곳까지 내려왔다.

그곳에는 호텔에 두고 왔던 나의 차량까지 와서 기다리고 있었다. 내 뒤로 따라온 하야카와를 바라보니 그가 웃으면서 대답했다.

"등산을 마치시면 시간이 늦을 거 같아 미리 가져오도록 지시했었습니다, 전하."

"좋은 사람을 곁에 두었군."

하야카와의 대답을 같이 들은 야스히토 친왕이 나에게 말했다.

하야카와가 나를 감시하는 궁내성의 사람이 아니었다면 동의할 만한 말이었다. 하아캬와는 마치 입안의 혀처럼 아주 자연스럽게 나를 보좌하는 인물이었다.

"과찬이십니다, 전하."

야스히토 친왕에게 대답을 하고 나서 그가 차에 타기를 기다렸다. 하인들도 돌아갈 준비를 마치고, 야스히토 친왕이 차에 탑승하기만을 기다리고 있었다.

야스히토 친왕은 자신의 차로 다가가더니 뒷좌석에서 종

이 가방 하나를 꺼내어서 나에게 주었다.

"이것이 무엇이옵니까, 전하?"

"조카님이 태어나고 선물을 하나도 하지 못한 것 같아서 챙겼네. 예쁜 조카님에게 주게나."

종이 가방을 받으면서 내용이 궁금했으나, 눈앞에서 확인하는 것은 실례가 될 것 같아서 받으면서 대답했다.

"감사합니다, 전하. 아이도 좋아할 것입니다."

야스히토 친왕은 웃음으로 대답하고는 배웅을 위해서 서 있던 나에게 갑자기 다가와서 나를 끌어안았다.

"어둠이 깊어질수록 새벽에 가까워지네."

야스히토 친왕은 귓가에 뜻 모를 한마디를 남기고 차에 탑승했다.

"또 보세."

그가 창문은 내려 말하는 것을 신호로 야스히토 친왕의 차량이 출발했다.

사람으로 북적거리던 산 중턱의 주차장은 대부분의 사람이 일순간에 빠져나가고 나와 함께 다니는 열 명 정도의 인원만이 남았다.

"우리도 가지."

내가 주차되어 있는 차로 다가가면서 말하자 나의 경호를 맡은 종로서 형사들도 자신의 차량에 탑승해 내가 탑승한 차의 앞뒤로 붙었다.

운현궁으로 돌아오니 수련이를 안고 있는 찬주와 시월이 가 나와서 기다리고 있었다.

"어떻게 나와 있어?"

"오신다는 연락을 받았어요. 수련이도 아버지한테 인사해 야지?"

찬주의 품에 안겨 있던 수련이가 나를 발견하고는 밝게 웃으면서 나에게 안겨 오려고 했다. 내 손에 들려 있던 야스히토 친왕이 수련이에게 준 선물을 시월이에게 넘겨주면서 수련이를 받아 들었다.

"꺄하!"

수련이를 안아 올리자마자 뽀뽀를 한 번 하니 수련이가 기분이 좋은지 웃음을 지었다.

"청이는?"

"낮에 공차기한다고 뛰어다녀서 피곤한지 잠들었어요."

청이가 자신의 머리보다 큰 공을 차고 있는 모습이 상상이 되어서 저절로 미소가 지어졌다.

"저녁은 먹었어?"

"아니요. 저녁 안 드시고 오실 것 같아서 기다리고 있었어요. 청이도 이제 일어날 때쯤 되어서 같이 먹으면 될 거 같아요."

"옷만 갈아입고 갈게."

품에 안겨 있던 수련이를 찬주에게 넘겨주었고, 그녀는 수련이를 데리고 먼저 이로당으로 돌아갔다.

하야카와는 하인들을 지휘해서 등산하면서 신은 신발과 갈아입은 옷들을 정리하느라 차에 남았고, 시월이만 선물을 가지고 나를 따라서 노락당으로 왔다.

"전하, 이것을 어디에 두면 되겠습니까?"

시월이가 가지고 온 선물 가방을 들고 물었다.

"내가 가지고 안채로 갈 것이니 그곳에 두도록 해라."

시월이는 선물을 입구에 내려놓고는 옷장에서 갈아입을 옷을 꺼내어 왔다.

"전하, 그럼 전 밖에서 기다리도록 하겠습니다."

평소에는 별다른 말 없이 옷만 꺼내 놓고 나가는 시월이가 갑자기 밖에서 기다린다는 말을 하고 나가서 조금 이상하다는 생각이 들었다. 하지만 못할 말을 한 것은 아니었기에 알겠다고 말해 주고 옷을 갈아입기 위해서 그녀가 꺼내 놓은 옷을 보니, 가장 위에 두 줄기로 되어 있는 호의초 도장이 찍혀 있었다.

도장과 똑같은 치수의 종이에 찍혀 있는 이 도장은 일반통신원들이 사용하는 것이었는데, 나에게 오는 문서에 이게 찍혀서 오는 경우는 거의 없었다. 나에게 오는 편지는 독리에게 오는 것이었기에 제국익문사 고유의 직인이 찍혀서 왔는데, 이것은 통신원들끼리 사용하는 것이었다.

그리고 지금 일반통신원은 제국익문사에 없었다. 일반통신원들은 다들 자신의 살길을 찾아서 떠났기에, 지금 제국익문사에서 훈련생들을 제외하고 가장 낮은 계급은 상임통신원이었다.

왜 이 도장이 찍혀 있을까 생각을 하다 통신원의 도장을 가지고 있는 사람이 한 명 떠올랐다. 금방 밖으로 나간 시월이었다. 제국익문사와 연락을 주고받기 위해서 호의초패를 가지고 있는 사람이었다.

생각이 여기까지 미치자 옷을 갈아입던 걸 중단하고, 급히 뒤를 돌아서 병풍 뒤에 있는 이불에 손을 가져갔다.

이불 사이에 예상대로 편지가 있었다. 아무래도 긴급으로 보내는 편지를 시월이가 받았고, 그것을 나에게 알리기 위해서 자신의 도장을 찍은 종이를 내 옷 위에 올려놓은 것 같았다.

그러자 그녀가 나가면서 기다린다고 한 것도 이해가 되었다. 평소에 제국익문사의 편지를 확인하는 것은 잠들기 전이었는데, 이번 사안은 급한 것이라 바로 답이 필요한 것 같았다.

이런 경우는 처음이라 급히 양초에 불을 붙이고, 하얀 종이에 열을 가하기 시작했다.

급하게 연락을 드린 것은 일이 조금 잘못돼서입니다. 예정대로라면 지금쯤 제물포에 도착해 상해로 가는 배에 올라탔어야 할 인물들이 지금 한성사무소에 있습니다. 경성에 군대가 주요 도로뿐만 아니라 소로까지 검문을 하고 있어서 벗어날 수가 없는 상황입니다.

이들이 계속해서 사무소에 있다 발각될 경우 사무소의 존폐가 걸려 있어 이들에게 2차 거사를 진행하고 자결하도록 할까 합니다. 제가 부탁드립니다.

-독리 올림

최악의 상황이었다. 원래 계획대로라면 암살 이후 바로 경성을 벗어났어야 하는 인물들이 아직 한성사무소에 있었다. 그것은 그들뿐만 아니라 한성사무소인 성심양복점 자체가 위험해질 수도 있는 일이다.

독리가 한성사무소라고 표현하는 이유는 경술국치 이후 수도였던 한성이 일본의 대도시인 경성부로 격하된 것을 거부한다는 뜻으로, 아직 대한제국의 일원이라는 표현이었다. 물론 사무소는 한성사무소로 표현했지만, 지역 명칭은 혼동을 방지하기 위해서 경성부를 사용했다.

처음 계획을 세울 때부터 경성 탈출에 실패하게 되면 2차 테러로 독립운동가들을 박해하는 데 중심인 고등계가 있는 종로서를 폭파하기로 했다. 그리고 그 폭염에 요원들도 자결하기로 계획을 가지고 있었다. 독리는 원래 가지고 있던 계획에 대한 허락을 얻기 위해서 편지를 보낸 것이다.

종로서를 폭파하는 것은 좋다. 하지만 그 이후 그들이 자결을 하는 부분이 처음 계획을 세울 때부터 마음에 들지 않았었다.

제국익문사의 요원 중에선 정보 수집에 특화된 인물들과 요인 암살, 중요 건물 폭파, 폭발물 제조 등에 특화된 인물들도 있었다. 특히 두 명 중 짱돌이라고 불리는 김용팔 상임통신원은 보부상으로 위장하여서 함경도와 양강도, 북간도 지역을 담당했던 요원이었는데, 러일전쟁이 일어나기 전 광무제께서 러시아 제국의 마지막 황제였던 니콜라이 2세Николай II에게 부탁해 폭탄 제조와 탄약에 관해서 배운 두 명의 인물 중 한 명이었다.

한 명은 군부 소속이었는데, 을사늑약 이후 1907년 헤이그 특사를 계기로 일본이 고종 황제의 양위를 강요하자, 그런 고종 황제를 보호하기 위해서 군사행동을 주도했다는 이유로 일제에 사형을 당했다.

1907년 7월 20일, 시위혼성여단 1연대 3대대 소속의 병사들이 종로에 있던 부대에서 고종 황제의 양위에 반대의 뜻을 표하며 출동해 양위 반대 시위를 하던 군중과 합류 종로경찰서를 습격 일본 경찰과 일부 일본인들을 사살했던 일이 있었는데, 이 일을 주도했던 시위혼성여단의 여단장이 바로 러시아로 가서 폭발물 제조를 배워 온 인물이었다.

그가 죽고 나서 대한제국의 황실을 위해서 일하는 인물 중에서 폭발물을 제대로 다룰 수 있는 인물은 김용팔 상임통신원 한 명뿐이었다. 그런 그가 지금 마지막 작전을 하고 나서 자결을 하게 되면 너무나 중요한 인재를 잃는 것이었다.

그리고 지금의 나에게는 믿을 수 있는 사람이 가장 중요했는데, 두 명이 한 번에 죽는다는 것은 작은 문제가 아니었다.

"전하, 이로당에서 식사 준비가 다 되었다고 전갈이 왔습니다."

고민을 한 시간이 길어졌는지 밖에서 시월이의 목소리가 들려왔다. 찬주에게도 금방 간다고 이야기를 했기 때문에 내가 오지 않아서 연락이 온 것 같았다.

"금방 간다고 전하거라."

이야기를 하고 나서 자리에 앉아 종이와 펜을 꺼내어서 편지를 적어 가기 시작했다.

종이 위에 글씨를 쓰고 있었지만, 펜으로 투명한 시약을 찍어서 써 종이가 살짝 젖었다가 없어지는 자국만 남을 뿐 글씨가 새겨지지는 않았다.

제국익문사와 연락을 하는 용도로 최근 독리에게 받은 잉크였다. 잉크병에는 잉크 대신 하얀 시약이 들어 있었는데, 열을 가하면 글씨가 보이도록 하는 산성 물질이었다.

오늘 낮에 있었던 검문을 떠올리다 좋은 방법이 생각나서 2차 계획이 아닌 다른 계획을 적은 종이를 급히 작성했다.

"시월이는 들어와서 세탁물을 가지고 나가거라."

"네, 전하."

시월이가 대답을 하고 나서 문을 열고 들어왔다.

그녀에게 작성한 편지를 세탁물과 섞어서 넘겨주었다. 그녀는 자신의 손에 잡히는 편지에 내 뜻을 알아차리고는 대답했다.

"세탁물을 처리하고 오겠습니다, 전하."

"그리하라."

시월이를 보내고 나서 이로당으로 가니 이미 한 상 차려져 저녁을 먹을 준비가 다 되어 있었는데, 수련이를 품에 안고 이유식을 먹이고 있는 찬주와 그 옆에 뾰로통한 얼굴로 앉아 있는 청이가 눈에 들어왔다.

"우리 왕자님은 표정이 왜 이래?"

"아부지! 빨리, 빨리 오세요! 배고파요!"

딱 봐도 상황이 정리되었다. 자다 일어나서 배가 고픈데 내가 늦게 와서 밥을 못 먹자 뾰로통해진 것이었다.

"그래그래, 얼른 먹자."

청이의 재촉에 얼른 자리로 가서 식사를 시작했다.

찬주는 그런 청이를 보면서 뭐라고 하려다 내가 아무 말 않고 넘어가서인지 수련이에게 이유식을 계속해서 주었다.

내가 숟가락 들고 나니 청이도 유모의 도움을 받아서 식사를 시작했다.

저녁을 다 먹고 청이와 잠시 놀아 주다 보니 어느덧 2시간 정도가 지났다.

낮에 흘렸던 땀은 말랐었는데, 체력이 넘치는 청이와 놀아 주다 보니 다시 땀이 나왔다.

"오늘은 이로당에서 잘 것이니 그리 준비하게."

말랐던 땀이 다시 나오니 찝찝해져 씻기 위해 안방으로 들어가면서 찬주에게 말했다. 그러자 그녀는 나의 말을 듣고 알겠다고 대답하고는 하인들에게 내가 이곳에서 잘 준비를 하게 지시했다.

이로당의 욕실로 들어가서 씻고 나오니 욕실 입구에 갈아입을 옷들이 준비되어 있었다. 갈아입은 지 얼마 되지 않은 옷을 굳이 갈아입어야 하나 생각했다가 준비해 준 정성을 생각해서 갈아입기 위해 옷을 들어 올렸다.

그러자 옷 사이에서 편지 한 장이 툭 떨어졌다. 그 편지에는 제국익문사의 도장이 붉은 인주로 찍혀 있었다. 순간 떨어진 편지에 놀라 급히 주워 들고 주위를 둘러보았으나 방 안에는 아무도 없었다.

편지를 한쪽에 두고 빠르게 옷을 갈아입었다.

안방으로 들어가니 찬주와 아이들은 아직 거실에 있는 것인지 아무도 없었다.

문으로 가 빗장을 걸어 잠그고 나서 편지를 꺼내었다. 편지는 언제나 오는 형태로 쓰여 있어 하얀 종이만 눈에 들어

왔다.

운현궁에도 이미 전기가 들어와 있어 밤에는 천장에 달린 전구를 켜고 생활하여서 불이 없었다. 노락당의 양초는 편지를 읽기 위해서 심신 안정을 한다는 핑계로 준비해 놓은 것이었다.

주위를 급히 둘러보면서 혹시 사용할 수 있는 것이 없는지 보다가 한쪽 구석에 놓여 있는 물건을 발견했다. 기쁜 마음에 얼른 그곳으로 가서 각등을 가지고 왔다.

외출 용도로 사용하는 각등은 기름이 들어가 있어 불을 피워서 사용하는 것이었다. 각등과 함께 놓여 있는 성냥으로 불을 붙이고 편지에 글씨가 나타나도록 만들었다.

　전하의 지시대로 금일 새벽 인원들을 보내도록 하겠습니다.
한 명 한 명의 요원들을 생각해 주시는 전하의 하해河海와 같은
성심에 감읍하였습니다.

-독리 올림

독리도 자신과 함께 험난한 세월을 지내 온 전우들에게 애정이 있었기에 그들이 죽는 결과가 아닌 다른 결과를 만들어 주어 감사를 표했다. 혹시 실패를 하게 되면 나에게도 위험이 닥칠 것을 나도 독리도 알고 있었지만, 내가 강한 어조로

편지를 보내서인지 별다른 이견이 없이 나의 명령에 따른다
는 편지가 와서 기뻤다.

"밖에 누가 있느냐?"

편지를 품속에 숨기고 빗장을 풀면서 말했다.

"네, 전하."

"여기 세탁물을 내어 가도록 해라."

갈아입은 옷을 내어 주면서 편지를 처리하기 위해 말을 하
니 시월이가 아닌 다른 하인이 들어와 어쩔 수 없이 세탁물
만 내어 주었다.

편지를 내가 계속 가지고 있는 것은 조금 위험했다. 어떻
게 처리를 해야 하나 고민하다 각등을 가지고 욕실로 갔다.

가지고 들어간 각등의 불꽃에 편지를 가져다 대 불을 붙이
고 욕조 위로 가지고 갔다.

조금씩 타들어 가는 편지를 쥐고 있다가 손으로 잡고 있던
부분까지 불이 올라오자 공중으로 띄운 후 손으로 계속 쳐서
완전히 탈 때까지 불이 공중에 있도록 했다.

재로 변한 편지를 물을 틀어서 하수구로 흘려보내는 것으
로 처리를 마쳤다

"아부지!"

안방에서 나오니 청이가 거실에서 찬주와 무언가 가지고
놀다가 나를 발견하고는 뛰어왔다.

"아부지, 아기 장난감이야! 아기 장난감!"

청이는 양손에 나뭇조각을 가지고 뛰어와 자랑하듯 말했다. 뛰어온 청이가 귀여워서 머리를 쓰다듬어 주고는 찬주에게 다가가니 원목으로 되어 있는 동물 모양의 조각들이 많이 있었다.

"이게 다 뭐야?"

"오라버니가 가지고 오신, 야스히토 친왕께서 선물한 장난감이에요. 수련이에게 주신 것 같은데, 아직 가지고 놀기에는 너무 어려요."

찬주는 병아리 모양의 장난감 하나를 가지고 입에 물고 있는 수련이를 보면서 웃으며 대답했다.

"장난감이야?"

"황실 공방인 나카요시仲良し에서 나온 아카짱 오모차赤ちゃん 玩具예요. 황실에만 납품하는 것으로 아는데……. 친왕 전하께 감사하다고 인사를 해야겠어요."

찬주는 아주 귀한 것을 선물받은 것처럼 웃으면 대답했다. 내가 보기에는 그냥 나무로 만들어진 흔한 장난감으로 보였는데, 그녀는 다르게 느끼는 것 같았다.

"꼬꼬~ 꼬꼬~."

청이도 나름 오빠라는 역할에 적응되었는지 사슴 모양과 닭 모양의 장난감을 가지고 수련이의 눈앞에 가져대 대면서 시선을 끌기 위해서 노력했다.

7장

　시월이를 불러서 김돌석에게 전하는 편지를 주었다. 오늘
저녁 그가 해야 하는 일이 적혀 있는 편지였다.
　편지를 전하고 나서 한참을 아이들이 장난감을 가지고 노
는 것을 봤다. 수련이가 잠이 오는지 조금씩 칭얼거리기 시
작하자 재우기 위해 유모가 청이를 데리고 방으로 들어갔다.
나도 찬주와 함께 수련이를 데리고 안방으로 왔다.
　"오늘도 늦으시나요?"
　잠투정을 하는 수련이를 안고 있는 찬주가 조용한 목소리
로 물어 왔다. 내가 이로당에서 잔다고 하니 또 어딘가로 외
출하는 것으로 생각한 모양이다.
　"아니, 이따 새벽에 잠시 갔다 올 거니까 신경 쓰지 않아

도 괜찮아."

오늘은 외출하는 것이 아니어서 웃으며 이야기했다.

수련이와 찬주가 잠이 든 후에도 나는 뜬눈으로 누워 있다 시계가 새벽 3시를 가리킬 때 침대에서 조심히 일어났다.

옆에서 자고 있던 찬주는 다행히 깨지 않았다. 조용히 미리 준비해 놓은 운동복으로 갈아입고 이로당 중앙의 마당으로 나가 마루 밑으로 기어들어 갔다.

마루 밑의 통로로 들어가 전등에 불을 붙이고 준비되어 있는 검은 천을 뒤집어쓰고 걸어갔다.

10분 정도 걸어가니 통로 끝에서 작은 숨소리가 들렸다. 통로 끝에 다다르니 어둠 속에 숨어 있던 두 명이 전등의 불빛에 드러났다.

큰 키에 안경을 끼고 있는 학자풍의 남성과 작은 키에 까만 피부, 단단해 보이는 인상을 한 남성이 나를 경계하는 듯 권총을 내 쪽으로 조준하고 있었다.

"나니까 총은 그만 내려도 괜찮네."

옆에 있는 돌 선반 위에 쓰고 온 검은 천과 전등을 내려놓으면서 이야기했다.

"죽을죄를 지었습니다, 전하."

"죽을죄를 지었습니다, 전하."

두 사람은 마치 짜기라도 며칠 전 온 비로 젖어 있는 더러운 바닥에 무릎을 꿇으려고 했다.

"잠깐, 옷이 더러워지면 나중에 발각될 가능성이 크니 무릎을 꿇는 그런 일은 하지 말게. 그대들이 나에게 권총을 겨눈 것은 신분이 확인되기 전 경계 절차이니 신경 쓰지 말게."

"감사합니다, 전하. 전하를 뵙습니다. 저는 제국통신사 상임통신원 이준식입니다. 이쪽은 저와 같은 상임통신원 김용팔입니다. 뵙게 되어서 영광입니다, 전하."

키가 큰 사람이 대표로 조용한 목소리로 인사를 했다.

"아주 큰일을 하였어. 어려운 세월 견뎌 주어서 정말 고맙네."

나 역시 작은 목소리로 그들의 손을 한 사람씩 잡아 주면서 대답했다.

"과찬이십니다, 전하."

"그대들이 한 일은 역사와 후손들이 기억할 것이네. 일단 시간이 없으니 조용히 따라오게."

나 역시 마음 같아서는 무언가 포상도 내리면서 그들의 공을 더욱 많이 치하하고 싶었으나, 지금은 그럴 상황이 아니었다.

두 사람을 데리고 그들이 들어왔을 바깥으로 통하는 통로 입구 쪽으로 나왔다.

새벽 3시, 경호를 서는 종로서 형사들의 숫자가 가장 적고 또 긴 시간 이어지는 감시 업무로 피곤해 지쳐 있을 시간이었다.

밖으로 나오자마자 수직사 쪽으로 다가갔다. 나의 예상대로 안채의 경호만 확실하게 되고 있을 뿐 경찰들이 생활하는 수직사의 경호는 전혀 없었다.

발걸음을 빠르게 옮겨서 주차장 옆에 있는 차량 정비고의 뒷문을 열고 들어갔다.

차량 정비고는 새벽임에도 불이 켜져 있었는데, 문을 열고 들어가니 나의 명령으로 차량을 정비하는 척 이곳저곳에 공구를 꺼내어 놓고 차의 문을 다 열어 놓고 있는 김돌석이 있었다.

내가 문을 열고 들어가자 김돌석은 바로 나에게 뛰어와서 인사를 했고 그런 그에게 물어보았다.

"고생이 많네. 다른 사람들은 의심을 하지 않던가?"

"없었습니다. 오늘 낮에 차량에서 조금 이상한 소리가 나기도 해서 하야카와 타카오 집사 역시 의심을 하지 않고 정비를 해야 할 것 같다고 이야기했습니다. 낮에 있었던 이상한 소리는 확인하니 엔진을 돌리는 벨트가 약간 손상이 되었기 때문이었습니다. 그건 교체를 하였고 트렁크 아래에 작은 구멍을 두 개 뚫어서 호흡하는 데 지장이 없도록 하였습니다. 그리고 아래에 뒤쪽 범퍼 안쪽으로 자물쇠를 보이지 않게 달아서 열지 못하도록 하였습니다. 또한, 원래 트렁크 열쇠는 고장 내어서 열리지 않도록 하였습니다, 전하."

"늦은 시간까지 고생이 많구먼. 이쪽이 내일 나가야 하는 사람들일세."

이미 나에게 언질을 받아서 알고 있던 세 사람은 간단하게 인사를 했다.

"조금 불편하기는 하겠지만 이게 제일 나은 방법이니 힘들더라도 참도록 하게."

트렁크의 문을 열어 주고 두 사람이 들어가게 하며 말했다.

키가 작은 김용팔이 먼저 들어가고 그 이후 키 큰 이준식이 들어가서 누웠다. 나름 고급 차량이어서인지 트렁크가 커 두 사람이 들어가도 문을 못 닫을 정도는 아니었다.

"8시간 정도 있어야 되는데, 괜찮겠는가? 생리 현상이라도 생기면 큰일이겠군. 미리 해결하는 게 좋지 않겠나?"

두 사람이 안으로 들어가고 나서 있는 것을 보니 떠오른 생각이 있어 그들에게 말했다.

"이 정도면 천국입니다, 전하. 훈련할 때에 인분 속에서도 2일을 버틴 적이 있는데, 그곳에 비하면 이곳은 천국이옵니다. 또 편지를 받고 나서부터 속을 모두 비우고 물 한 모금도 먹지 않았으니 괜찮습니다. 닫아 주십시오."

인분, 즉 똥통에서 2일을 버틴다는 게 어떤 것을 위한 훈련인지 짐작이 가지도 않았다. 어쨌든 자신 있게 대답하는 이준식의 목소리가 나의 계획이 성공할 수 있다는 생각을 하게 했다.

"중경에서 보세."

"기다리겠습니다, 전하."

"감사합니다, 전하."

두 사람의 대답을 마지막으로 트렁크를 닫았다.

트렁크의 문이 닫히자 김돌석이 뒤쪽 범퍼 아래에 만들어 놓은 장치에 자물쇠를 채워서 열 수 없도록 만들었다.

✳

이로당으로 돌아와서 선잠이 들었다가 첫닭이 우는 소리에 깼다.

바깥은 아직 어슴푸레했다. 이제 태양이 떠오를 준비를 하는 것 같아 시계를 보니 6시를 조금 넘어가고 있었다.

"게 누구 없느냐?"

잠에서 깨자마자 찬주가 깨지 않도록 조심하며 마루로 나와서 외쳤다. 그러자 아침을 준비하는 것인지 궁내성에서 파견되어서 주방에서 일하는 하인이 급히 뛰어왔다.

"전하, 기침하셨습니까?"

"그래, 일어나 있는 사람이 너뿐이냐?"

"아직 이른 새벽이라 부엌의 하인들만 일어났사옵니다. 가서 전부 깨우도록 하겠습니다, 전하."

주방에서 일하는 하인은 마치 자신이 큰 잘못이라도 한 것인 양 대답했다.

내가 보통 이 시간이 일어나는 경우가 없어 하인들이 나의 생활 습관에 맞춰서 생활하는 것이니 누구를 나무랄 문제는 아니었다.

"아니다. 그럴 것 없다. 하야카와에게만 일어나는 대로 안 채로 오도록 이야기해라."

일어나는 대로 오라는 것이지만 분명 이들은 지금 당장 뛰어가서 말할 것이다. 하지만 굳이 말릴 필요는 없어서 지시하고는 거실로 돌아왔다.

거실에 가자 나의 목소리를 들은 것인지 찬주가 깨어나 잠옷 차림으로 나와 있었다.

"오라버니, 무슨 일이에요?"

"아, 오늘 일이 조금 있어서 석파정 별서에 잠시 있다 올 거니 그렇게 알고 준비해 줘."

"별서에요……? 네, 그렇게 준비할게요."

찬주 입장에서는 뜬금없는 별서행이었다.

경성의 북쪽 자하문紫霞門 밖 삼계정三溪丁에 있는 석파정 별서는 흥선대원군 때 영의정 김흥근金興根에게 거의 반강제로 매입한 별서, 즉 별장이었다. 이우 공의 기억 속에도 어린 시절 자주 갔던 곳이었다.

하얀 오얏꽃이 한창인 4~5월에는 꼭 가던 곳이었지만 최근 몇 년간은 일이 바쁘고 기회가 나지 않아서 가지 못했었다. 그런데도 어제 내가 외출을 했던 것도 있고 해서인지 별다른 말이 없이 대답하는 찬주였다.

욕실로 들어가 씻고 나오니 어느새 일어난 하야카와가 나를 기다리고 있었다.

"전하, 찾으셨다고 들었습니다."

"아, 그래, 하야카와, 내 할 말이 있어서 찾았네. 군에서는 내 안전을 문제로 부대로 오지 말라고 했었지?"

"그렇습니다, 전하."

이런 건 왜 물어보나 하는 표정으로 대답했다.

"혹 언제까지라는 기간은 이야기한 것이 있었나?"

"정확한 날짜는 말하지 않았고, 진정이 될 때까지로 이야기하였습니다, 전하."

"그러하면 폭발 사건이 일어난 경성보다는 삼계정에 있는 별서가 경호하기도 좋고 안전할 것 같군. 아침만 먹고 별서로 갈 것이니 그리 알고 부대에 연락한 뒤 갈 준비를 하게."

"석파정에 말씀이십니까?"

한동안 가지 않았던 석파정에 간다는 것이 조금 이상했는지 갸웃거리면서 반문했다.

"그러네."

"알겠습니다. 준비하도록 하겠습니다, 전하."

하야카와은 석파정을 가는 것이 오래간만이라 이상하기는 했지만, 나의 말이 설득력이 있었는지 대답을 하고는 밖으로 나갔다.

아침을 먹고 나니 차량이 준비되었다는 말을 시월이가 와서 전했다.

수련이를 품에 안고 찬주, 청이와 함께 수직사 앞마당으로 나가니 김용팔과 이준식이 트렁크에 타고 있는 차량이 준비되어 있었다.

"전하, 지금 트렁크가 고장이나 짐은 다른 차에 싣고 출발할 것이옵니다. 급하게 챙기느라 아직 다 챙기지 못해 소인은 짐을 정리해 다른 차량으로 가겠습니다."

이야기한 지 1시간도 안 되어서 준비를 마친다는 것 자체가 무리였기에 내 가족들과 시월이, 유모들만 먼저 출발을 하기로 했다.

총 세 대의 차량이 움직였는데, 경호 차량과 내 가족이 타는 차량, 시월이와 유모가 타는 차량이었다. 유모가 타는 차는 택시였는데, 석파정까지 가는 전차가 없어서 택시를 부른 것 같았다.

"그리하도록 하게."

하야카와에게 말을 하고는 차에 올라탔다. 뒷좌석에 아이들과 찬주가 타고 내가 앞자리에 탔다.

차가 출발하고 얼마 지나지 않아 총독부 앞을 지나갈 때 검문이 진행되고 있었다.

일반 차들은 전부 왕복 4차선의 길 중에서 2차로만 이용하게끔 헌병들이 안내하고 있었다.

우리 차량의 선두에 있는 종로서의 경호 차량이 가장 먼저 멈춰 서서 헌병들에게 무언가 이야기를 하기 시작했다.

경찰과 이야기를 한 헌병이 초소로 뛰어가서 무언가를 알렸고, 초소에 있던 대위 계급장을 달고 있는 헌병이 뛰어왔다.

그가 뛰어오는 것을 보고 창문에 쳐져 있는 커튼을 살짝 걷었다.

"조선군 사령부 헌병대 소속 대위 이토 신지입니다."

내가 경례를 받고 나서 창문을 손으로 돌려 살짝 내리니 그 사이로 대위가 자신의 관등성명을 댔다. 인사를 하는 그의 허리에 찬 장검에 햇살이 비쳐 번쩍였다.

"고생하는군. 검문인가?"

"네, 그렇습니다. 전하, 죄송하지만 경호 차량에 대해서는 검문을 진행하여야 하니 잠시만 기다려 주십시오."

그의 검에 비친 햇빛 때문에 눈이 부셔 눈살을 찌푸리며 물었더니 그는 내가 기분이 안 좋다고 생각한 것인지 굳은 표정으로 대답했다.

"범인은 아직도 안 잡힌 것인가?"

"암살 사건의 용의자는 파악이 끝이 났고, 곧 잡힐 것으로 생각하고 있습니다, 전하."

"얼른 검문을 해 주었으면 좋겠군. 아직 아이들이 어린데 햇볕이 따갑군."

"핫!"

대위의 대답을 듣고 창문을 올리고 커튼을 치는데 닫힌 창
문으로 대위가 소리치는 게 다 들려왔다.

"이우 공 전하의 차량을 우선 검문해라!"

앞뒤 차들의 검문이 빠르게 진행되었고, 큰 문제 없이 통
과했다.

그런 일은 절대 없을 거라고 확신했지만, 혹시라도 나의
차까지 검문을 하면 큰일이기 때문에 주먹을 꽉 쥐고 헌병과
대화를 했는데 다행히 큰일이 없었다.

총독부를 지나 경복궁 북쪽의 북소문인 창의문(자하문)에서
도 검문하고 있었는데 총독부 앞에서 검문하던 헌병이 연락
한 것인지 아무런 검문 없이 경례를 받으며 경성을 벗어날
수 있었다.

"우리를 석파정에 내려 주고 나서 바로 개성으로 가도록
하게. 명월관으로 가면 의친왕 전하께서 기다리고 계실 것이
네. 의친왕 전하에게 선물을 드리고 사람 한 명을 데리고 오
면 되네."

창의문을 지나서 운전을 하는 김돌석에게 말했다.

선물 아닌 선물이었다. 경성만 벗어나면 검문이 없다. 하
지만 조선 내에 경성을 제외하고는 모든 사무소를 폐쇄해 제
국익문사의 요원이 없었고 탈출에 도움을 줄 사람이 없었다.

그 부분을 해결해 줄 사람으로 아버지 의친왕이 떠올라 아침에 전화했다. 자세한 내용은 도청의 위험 때문에 말하지 않았지만, 선물을 보낸다고 이야기를 했다. 상세한 내용은 김돌석에게 편지를 주었으니 의친왕이 잘 해결할 것이다.

선물만 보내는 데에 내 차량을 이용하고 김돌석이 가는 것이 감시자들의 의심을 살 것 같아 의친왕에게 냉면을 잘 만드는 명월관의 요리사를 보내 달라고도 했다.

명월관의 요리사까지 이야기하니 의친왕도 상황을 짐작한 듯 웃으면서 알았다고 했다.

"예, 알겠습니다, 전하."

찬주는 분명 의문이 들었을 텐데, 아무런 질문도 하지 않고 청이가 지루해하지 않게 놀아 주었다.

창의문을 벗어나 5분 정도 가니 녹색 잎이 울창한 오얏나무에 둘러싸인 석파정에 도착했다.

석파정에는 관리를 하는 관리인과 그 가족들이 나와서 기다리고 있었다.

우리가 차에서 내리고 석파정으로 들어가자 김돌석이 다시 차량을 몰아서 석파정을 벗어났다. 경호하는 인원들도 나의 차가 나가는 것을 보고 세워 행선지만 확인하고는 보내 주었다.

석파정에서 한가로운 시간을 보내며 아이들과 놀아 주었다.

오후 4시가 다 되어 갈 때 개성으로 갔던 김돌석이 냉면을 만드는 데 필요한 나무틀과 여러 기구를 들고 있는 요리사와 함께 돌아왔다.

김돌석이 돌아오자 모든 일이 나의 손을 떠나 이후 결과는 그들에게 달려 있다고 느껴졌다. 이제부터는 의친왕의 도움을 받아 그들이 아무런 위험 없이 조선을 벗어나기만 하면 끝나는 일이었다.

꽃무늬

암살 사건이 있은 지 4일, 석파정으로 온 지 3일 만에 경성에 내려졌던 비상령이 해제되어 운현궁으로 돌아왔다.

김용팔과 이준식은 상해로 가는 배에 잘 탔다는 내용이 담긴 전갈이 의친왕에게서 왔다.

이들이 처음 계획대로 탈출을 못 했던 것은 내가 배신자들을 찾아내기 위해서 뿌린 떡밥 중에 일부가 정보부와 경찰로 들어갔기 때문이다. 그날 저녁 가짜 정보의 대상들에 대해서 경호를 강화하고 검문을 진행했기에 탈출하지 못했다고 독리가 자세한 내용을 담은 보고서를 보내왔다.

지금 내 탁자 위에 올려져 있는 신문에는 조선의 청년 두 명이 구속되었다는 기사가 실려 있었다. 그들의 사진도 나왔는데, 경성공립중학교 출신의 조선인 청년들이었다. 둘은 이

번 암살 사건의 범인으로 지목되었는데, 용의자를 체포했다
는 기사였다.

그들의 배후에는 과거 의혈단을 조직해 여러 암살, 폭파
사건을 주도했던 약산 김원봉이 있다고 적혀 있었다.

"그 기사를 보고 있었구나."

내가 일으킨 암살 사건으로 쉴 틈 없이 바쁜 시간을 보낸
히로무가 노락당으로 와 나의 방문을 열고 들어오다 내가 매
일신보를 보고 있는 것을 발견하고 말했다.

"그래서, 이들을 범인으로 잡아넣은 거야?"

"경성에서 사는 친일파들과 일본인들의 불안감을 해소하
려면 범인을 잡아야 하니까. 적당한 애들 잡아다가 고문으로
허위 자백을 받아 낸 것이지."

히로무는 나의 앞에 있는 의자에 앉은 후 쓴웃음을 지으면
서 대답했다.

"그래서 아무 잘못도 없는 사람을 잡아다가 고문을 했다?
그거 불법 아니야?"

"불법이지……. 하지만 사실 조선군 헌병은 조선 안에서
는 법 위에 존재한다고 생각하는 애들이니까 이 정도 조작하
는 거야 간단하지. 죄책감 하나 없이 했을걸."

틀린 말은 아니었지만 제국익문사 요원들의 대체자로 잡
힌 청년들에게 미안했다.

"증거는?"

아무리 헌병이라지만 증거 없이 자백 하나만 가지고 재판을 진행하면 경성에 사는 일본인들을 안심시키기 힘들 것 같아 물어보았다.

"자백과 집에서 발견된 불온서적과 태극기."

"불온서적?"

"별거 아냐. 기사에는 자세히 나오지 않았는데, 불온서적이라고 해 봐야 서점에서 살 수 있는 평범한 정치 관련 책들이야. 원래 그런 식으로 꾸미는 거니까."

"환장할 노릇이군."

"지금 군이 벌이고 있는 전쟁 자체가 환장할 노릇이니까."

대동아공영이라는 가면 뒤에 숨겨진 비열한 얼굴을 본 히로무는 자조적인 웃음을 지으면서 말했다.

"재판은 언제 하는 거야?"

"죽은 최흥철이 미나미 지로 총독과 절친했던 사이라고 하더라고. 한 달 안에 짜인 각본대로 재판을 진행하고 사형으로 나올 거야."

두 사람이 죽는 결과였다. 내가 어떻게 할 수 있는 부분이 아니었지만 나의 결정으로 야기된 일이라 씁쓸한 마음은 어쩔 수 없었다.

"그들이 살아남을 수 있는 방법은 없는 거야?"

"전혀. 내가 확인한 정보로는 최흥철이 죽고 나서 미나미 지로가 헌병대와 경찰 그리고 우리 정보부에 엄청난 질책을 했어. 이런 일이 벌어질 동안 무엇을 했느냐고 난리를 쳤어. 우리 정보과장도 총독부로 불려 들어가서 욕먹고 왔으니까. 그래서 이들이 만들어진 거지, 범인을 못 잡으니 범인을 만들어 낸 거야. 만들어 낸 범인을 살려 놓았다가 나중에 다른 말이 나오면 안 되니 무조건 사형이 나올 거야. 사형 집행도 빠르게 진행되겠지."

히로무는 말을 하고 나서 자신의 품속에서 여러 장의 종이가 들어 있는 뭉치를 건넸다.

"여기 경찰과 정보부, 헌병으로 들어왔던 첩보 내용."

그가 보낸 종이에는 여섯 군데에 대한 첩보 내용이 들어 있었다.

다행히 약산 김원봉이나 여운형에게 이야기했던 내용에 대해서는 없었다. 일단 그들이 나를 배신하진 않았다는 것에 마음이 놓였고, 다른 한편으로는 배신자가 여섯 명이나 있다는 것에 마음이 불편해졌다.

"여섯 명이네."

"마지막 장에 누구에게 주었던 정보인지에 대해서 적혀 있어. 이제부터 그들을 심문하고 처리할 거야?"

히로무는 조심스럽게 물어 왔다.

"아니, 그가 아니라 그의 주변 인물이 배신을 했다고 해도, 분명 내용을 전달할 때 그 누구에게도 이야기하지 말라고 했어. 그리고 주변 인물의 배신이라면 연결 고리를 끊어

버려야 해. 이 종이를 오늘 저녁에 넘기면 이른 시일 내에 처리되겠지."

누군가를 죽이는 일이라 마음이 쓰이긴 했지만 해야 할 일이었다.

독립된 조국이 되기 위해서는 그 아래에 많은 피가 흘러넘칠 것이란 건 처음 자주독립을 생각하면서부터 예상했던 부분이었다. 우리의 피와 노력이 없이 만들어진 해방은 우리 민족에게 더욱 큰 아픔을 준다는 것을 잘 알고 있어서 미래를 위해서 망설이지 않기로 다짐했기에 단호하게 대답했다.

히로무는 나의 단호한 대답에 더는 말을 하지 않고 다른 서류 두 장을 꺼내어 주었다.

"이건 뭐야?"

그에게 부탁한 일들이 많았지만, 오늘 가지고 올 만한 서류는 더 없었기에 물었다.

"이건 그 서류 말고 다른 루트로 들어왔던 첩보야. 정보원에게서 온 것이 아니고, 정보부와 헌병대 소속의 요원이 정탐으로 가지고 온 걸로 보여. 이 정보를 가지고 있던 인물들은 배신했다는 확신이 없어. 물론 그들이 배신해서 요원들에게 정보를 넘기고 그걸 요원들이 숨겼을 가능성도 있지만, 확실하지는 않아서 따로 분류했어."

"그럼 이들은 조금 더 지켜볼 필요가 있다는 거네?"

히로무가 건네준 서류를 살펴보고 나서 확인을 위해 히로무에게 다시 물었다.

"그렇지. 아, 그리고 예전에 이야기했던 731부대에 대한 정보를 알아봤는데, 관동군에 급수 시설을 관리하는 부대라는 것 말고는 정보가 없어. 그 시설 주변은 급수되는 물의 수질 관리를 위해 소개를 해서 정보원도 접근을 하지 못했다고 하더라고. 아직은 생체 실험에 대한 정보를 찾지는 못했어."

이곳으로 온 지 얼마 되지 않았을 때 2차 대전이 끝나고 전후 협상에서 일본을 완전히 무장해제 시키고 전쟁의 책임이 있는 전범들을 독일과 똑같이 처리하게 하기 위해 연합국을 압박할 카드가 필요하다 생각했다. 그래서 731부대에 대한 증거자료들을 알아볼 것을 히로무에게 이야기했었다.

비공식적으로 한 국가로 정보가 들어가는 것이 아닌 전 세계적으로 공표하려면 그 정보를 전쟁이 끝나기 전에 입수할 필요가 있었다.

하지만 아무리 히로무가 정보부 소속의 장교였지만, 일개 장교가 확인할 수 있는 부분은 한계가 있는 것 같았다.

"방법이 없을까?"

히로무는 내가 한 질문에 고개를 크게 저으면서 대답했다.

"대본영의 정보부에 있는 자료실을 찾아보면 있을지도 모르겠는데, 그렇게 되면 기록이 남아서 내가 조사를 했다는 것을 대본영과 궁내성에서 알게 될 거야. 그래도 진행할까?"

히로무의 이야기에 그가 드러나는 것과 731부대의 정보,

이 둘 중에서 어느 것이 나에게 더욱 좋은 결과를 가지고 올지에 대해서 고민했다. 결과는 쉽게 나왔다.

"아니, 지금은 중단하고 나중에 기회가 생기면 조사하자. 네가 드러날 위험이 있는 걸 알면서도 알아보는 건 너무 위험한 모험일 것 같아."

히로무는 원래의 이우 공에게도, 또 나에게도 소중한 친구였다. 그리고 객관적으로 봐도 앞으로 그의 역할은 중요했다.

"그럼 그 조사는 중단할게."

"숙소는 지낼 만해? 거긴 초급장교들만 있잖아."

지금 히로무가 지내고 있는 곳은 초급장교 중에서 영내 생활을 하는 인원이 아닌 군조와 중위 정도의 장교같이 막 영내 생활을 끝내고 부대 밖에서 출퇴근하는 장교들을 위해 마련된 숙소였다.

적은 월급으로 생활하기 힘든 초급장교들을 위해 지어진 목조 주택으로, 좁은 다세대주택이었다. 주택이라고 말하기도 민망한 수준이어서 대위나 선임 군조 정도만 되어도 숙소에 들어가지 않고 자신의 월급으로 집을 구했다.

대위인 히로무의 월급은 그 혼자이기에 호화로운 생활은 못 해도 어느 정도 살기에 충분한 금액이었다. 그런데도 히로무가 숙소에 들어가 있는 이유는 그가 자신의 월급 대부분을 가족들에게 보내고 있어서였다.

몰락한 귀족의 집안, 그 집안의 가장인 히로무는 나이 든 어머니와 동생들을 부양하기 위해서 자신의 월급을 사용하고 있어서 정작 자신은 검소한 생활을 하고 있었다.

원래의 이우 공도 히로무에게 도움을 주려고 했지만, 감시자인 자신에게 그런 도움을 주면 상부의 오해를 받는다고 거절했다.

"파릇파릇한 애들과 함께 있으니까 그 기운도 받고 좋지."

웃으면서 이야기하지만 편하지 않다는 걸 느낄 수 있었다.

❦

히로무가 숙소로 돌아가고 나서 독리에게 보내는 편지를 썼다.

배신한 인원에 대한 척살 명령과 감시가 필요한 두 명의 인원에 대한 감시 그리고 다음 작전을 위한 준비에 대해서도 적었다.

여운형과 약산에게 그들을 시험한 것에 대한 사과와 자세한 내용을 담은 편지를 적었다.

그 이후에 중경에 있는 성재 이시영 선생에게 보낼 편지를 작성했다.

중경의 제국익문사는 대외적으로 성재 이시영 선생을 지지했지만, 광복군과는 다르게 임시정부 소속이 아닌 독자적인 무력 단체임을 분명히 했다.

그렇다고 임시정부와 척을 지고 있는 것은 아니고 성재와 임시정부 내에서 나와 입헌군주국을 지지하는 인물들과 협력, 교류하는 단체였다.

성재 이시영을 필두로 그를 지지하는 계파는 성재와 제국 익문사가 많은 노력을 해 준 덕분에 여당인 한국독립당 내에서 주류 세력으로 올라설 수 있었다. 물론 아직은 백범 김구 선생을 지지하는 계파가 가장 큰 세력이기 때문에 그들보다는 세가 약했지만, 이제는 임시정부 내에서 무시할 수 없는 세력이 되었다.

이렇게 계파가 빠르게 세력을 확장한 이유 중 하나는 현재 임시정부의 자금 중 가장 큰 자금줄인 북미 대한인국민회가 지지하는 인물이 성재이기 때문이다. 그래서 그의 발언에 힘이 실리고, 또한 내가 중경으로 보내는 자금 중 제국익문사에 필요한 돈을 제외하고 나머진 성재에게 맡기기 때문에 그 돈으로도 많은 영향력을 발휘하고 있었다.

독립운동이 불타는 가슴과 의욕으로만 된다면 좋겠지만 현실적으로 독립운동에서 가장 많은 힘을 발휘하는 부분은 돈이었다.

조선의 많은 청년이 처음에는 열정으로 의욕적으로 시작하지만, 시간이 지날수록 현실적인 부분들이 커진다. 자신과 가족들이 생활고에 시달리고 힘들 때에도 처음과 같은 열정으로만 임하기는 힘이 들었다.

성재에게 자금을 부탁하면서 돈을 사용하면서 몇 가지 기준을 정했다.

일단 자금 문제로 임시정부의 존폐가 휘청거릴 만큼 휘두르거나, 분란을 조장하지 말 것. 또 지금 임시정부에서 진행하고 있는 일을 예산을 담보로 하지 못하도록 막지는 말라는 것이었다.

우리의 뜻과 완전히 반대된다면 모를까 그들 역시 우리와 생각하는 것이 조금 다를 뿐 크게 보면 같은 길을 가는 사람들이었기 때문에 정말 허용할 수 없는 범위가 아니라면 최대한 함께하도록 이야기했다.

북미 대한인국민회가 지지하는 인물은 성재였지만, 미국에서 오는 자금은 임시정부로 오는 인구세와 후원금이었다. 그러니 그 돈은 임시정부를 위해서 사용을 해야 한다.

내가 독립운동가들을 통합시키는 것도 중요하지만, 자금줄을 담보로 하는 것은 협박과 다름없는 짓이었다.

사실 자금줄을 담보로 하는 게 편하고 빠른 방법이었지만, 편하고 빠른 방법은 후에 분명 문제가 된다고 생각했다. 조금은 늦더라도 정당한 방법으로 해야 나중에 문제가 없다는 게 내 생각이었다.

성재에게 보내는 편지에는 악질 민족 반역자 최흥철이 지금까지 어떤 식으로 일제에 부역하고 우리 민족을 약탈, 착

취했는지에 대한 내용과 그를 처단한 제국익문사의 활약에 대해서 적었다.

이번 의거는 독립운동을 하는 사람들에게 큰 힘을 주는 내용이었다. 그리고 그 활약을 한 제국익문사가 성재를 지지하고 있으니 그에게 더욱 힘이 실릴 것이다.

독립신문에 기사가 게재되면 지금까지와는 다르게 제국익문사가 전면에 나서게 된다.

이미 훈련소를 설립하고 활동을 해 요원들 개개인에 대해서는 알려지지 않았지만 제국익문사 자체는 중경에서 어느 정도 알려졌다.

하지만 중경뿐만 아니라 미국을 비롯해 만주, 소련의 영토까지, 한인들이 나가 있는 곳 모두에 뿌려지는 독립신문이었기에 기사가 실리면 모든 한인 사회에 알려질 것이다.

그리고 한인 사회만 아니라 일본의 정보기관에도 그 존재가 드러날 것이었다.

제국익문사가 초기의 형태처럼 정보 수집만 하는 단체라면 음지에 있는 게 맞지만, 이제는 하나의 무력 단체로 발전한 상황이어서 성재와 독리, 히로무까지 여러 사람과 상의 거친 이후 전면으로 나서기로 했다.

물론 정보 수집을 하는 요원들은 여전히 음지에서 활동하고, 제국익문사에서 무력 독립운동을 하는 인원만 전면으로 드러내는 것이었다.

8장

　폭풍이 지나가고 난 경성은 다시금 조금씩 활기를 띠기 시
작했다.

　11월에 접어들면서 뜨거웠던 태양의 열기도 사라지고 쌀
쌀한 날씨가 시작되었다. 시내에 깔렸던 헌병들도 부대 근처
와 상시 검문소를 제외하고 모든 임시 검문소에서 철수하고,
비상사태로 헌병들에게 넘어갔던 치안 유지가 다시 경찰들
에게 넘어왔다. 그렇게 한 달을 넘게 경직되어 있었던 분위
기가 조금 풀어지고 있었다.

　평소와 같이 출근을 하기 위해 조선총독부 건물 앞을 지나
육조거리를 거쳐 용산의 부대로 가는 나의 차 뒷자리에 앉아
있었다.

의거가 있고 나서 상부의 지시를 받은 것인지 원래 내가 출퇴근할 때 하야카와는 궁에 남아서 자잘한 일들을 처리했었지만 의거 이후부터는 출퇴근할 때에도 함께 움직였다. 가끔 차 안에서 김돌석에게 이런저런 지시를 하곤 했는데, 이제는 그것을 하지 못하게 되었다.

　차 안에서 부대에서 가져온 서류를 살펴보고 있을 때 차가 멈춰 섰다. 아직 용산에 있는 부대에 도착할 시간은 아니어서 무슨 일인가 하고 앞을 바라보니 김돌석이 차에 달린 경적을 눌렀다.

　빵빵.

　우리의 차 앞에는 검은색 교복을 입은 많은 학생이 길을 막고 있었다. 커튼을 살짝 걷어 보니 옆에도 가득 채우고 있어 내가 타고 있는 차가 사람의 인파에 둘러싸여 있는 형태였다.

　"그만. 무슨 일인 건가?"

　다시 한 번 클랙슨을 울리려고 하는 김돌석을 제지시키고 하야카와에게 물었다.

　"조선인 학생들이 많이 모여 있는데, 무슨 일인지는 소인도 알지 못하옵니다. 전하, 잠시 내려 상황을 보겠습니다. 위험하오니 차에 계십시오."

　하야카와가 차에서 내린 뒤 경호 차량에서 내려 나의 차량을 둘러싼 형사들과 무언가 대화를 나눴다.

"야 이 새끼들아, 비켜!"

경호와 감시를 위해서 항상 따라다니는 형사들이 주변에 모여 있는 학생들을 곤봉으로 위협하면서 공간을 만들기 위해서 노력했다. 하지만 그들의 노력과는 다르게 주위의 사람들은 줄어들 기미가 없었다.

가만히 보니 그들은 내 차량이 목표가 아니라 정동정(현 정동)을 향해서 걸어가고 있었고, 일부 학생들은 큰 소리로 외치고 있었다.

"전인규, 김태일을 석방하라! 거짓 재판은 중단하라!"

조용하던 군중에서 누군가 한 명이 소리치기 시작했고, 그 소리가 대한문 앞의 대로를 메우기 시작했다.

"전하, 사태가 심상치 않습니다. 이들이 흥분하게 되면 위험하니 일단 피하셔야 할 것 같습니다. 내리시죠."

형사 중에서 가장 선임인 사람이 문을 열고 말했다.

조선의 군중이 이렇게 모이는 것은 여운형의 초대로 갔던 축구 경기 이후로 처음 보는 것이었다. 부대로 출근하는 중이었기 때문에 나는 군복을 입고 있었고, 이들은 지금 일본에 호의적인 군중이 아니었다. 혹시 모를 문제가 발생할 수 있어 나를 안내하는 형사를 따라 차를 버리고 이동했다.

여러 형사에게 둘러싸여서 이동하며 그 형사들 사이로 보니 검은 교복을 입은 학생들뿐 아니라 평범한 옷을 입고 있는 조선인들도 합류하기 시작했다.

뒤를 바라보니 김돌석과 하야카와도 우리 일행의 끝에서 따라오고 있었다.

인파를 헤치고 지나갈 때 군중 중에서 누군가 큰 소리로 외쳤다.

"일본인 대위다! 일본군이다!"

그 소리에 형사들은 더욱 빠르게 이동하기 위해서 앞을 막는 사람들을 험악하게 밀치며 나갔고, 군중의 분위기도 심상치 않아졌다.

"이 새끼야! 조선을 뺏어 간 강도 새끼야! 너희 때문에 우리 민족이 얼마나 힘든지 알아!"

"잡아!"

"망할 쪽바리!"

"이분은 이우 공 전하시다!"

"비켜라!"

"쪽바리 잡아라!"

"안전이 우선이다. 빠르게 움직여!"

"도망간다!"

"쪽바리가 도망간다!"

한순간에 아비규환으로 변했다. 나의 옷을 누군가 잡아당기고, 나를 둘러싸고 있던 형사들 사이로 나의 얼굴과 몸으로 주먹이 날아오기도 했다.

욕설이 오갔고 가장 선두에 있던 형사들은 손과 발을 다 사용하면서 사람을 밟고 지나가기까지 하며 군중을 뚫고 나 갔다.

군중을 뚫고 지나갈 때 몇 번 나의 눈앞이 번쩍거렸다. 순 간 앞이 보이지 않았다. 형사들의 노력에도 불구하고 앞길을 막는 사람들은 더욱 많이 졌다. 결국······.

탕! 탕!

"길을 막으면 사살한다! 비켜!"

형사 중 한 명이 총을 꺼내어서 하늘을 향해 발사했다.

주위를 둘러쌌던 사람들이 주춤했고, 많은 대중이 총소리 에 놀라서 몸을 숙였다. 형사들은 그 틈을 놓치지 않고 나를 이끌고 조선호텔로 빠르게 이동했다.

나 역시 이동을 하면서 누군가의 몸을 밟았다. 땅과는 확 연히 다른 물컹거리는 촉감. 누구인가 알 수는 없었지만 내 가 밟은 것이 땅이 아니란 것은 확연히 느껴지면서 모골이 송연해졌다.

처음 차에서 탈출할 때까지만 해도 유지하고 있던 평점심 이 흐트러지면서 혹시 이 군중에 휘말리면 죽는다는 생각이 가슴속을 스치고 지나갔다.

나의 심장이 뛰는 소리가 나의 귀까지 들리는 것 같았 고, 뒷덜미 속으로 흐르는 피가 머리를 툭툭 치는 느낌이 들었다.

죽는다는 생각이 들자 이 시대에는 없는 나의 친부모님과 친형 그리고 찬주와 아이들이 머릿속을 스쳐 지나갔다.

나의 마음과는 다르게 다행히 형사들은 빠르게 이동해서 더 큰 일이 벌어지기 전에 조선호텔 앞에 도달할 수 있었다.

항상 열려 있던 조선호텔의 문은 굳게 닫혀 있었다. 한 형사는 문을 두드리면서 크게 외치고 나머지 형사들은 거리의 군중이 다가오지 못하도록 전부 권총을 뽑아 들고 그들을 겨누고 있었다.

군중도 총이 무서워서인지 함부로 다가오지는 않고, 적당한 거리를 벌린 상태에서 대치 중이었다.

우리 쪽에 있는 대중의 뒤쪽에서 많은 이들이 아까와 같은 소리를 외치고 있었다.

"전인규, 김태일을 석방하라!"

"석방하라! 석방하라!"

"거짓 재판은 중단하라!"

"중단하라! 중단하라!"

조선말로 외치는 것으로 그들이 조선의 대중이라는 것을 확실하게 확인할 수 있었다.

"지배인! 지배인! 이우 공 전하다! 문 열어라!"

형사가 굳게 닫혀 있는 문을 발로 차면서 큰 소리로 외치자 잠시 후 열리지 않을 것 같던 문이 살짝 열렸다. 그 틈으로 나를 가장 먼저 밀어 넣었고, 그 뒤로 하야카와와 김돌석, 형사들이 들어왔다.

"전하, 괜찮으십니까?"

일전에 본 적 있는 지배인이 걱정스러운 얼굴로 나에게 물어왔다.

그제야 안의 상황이 눈에 들어왔는데, 큰 문을 닫은 호텔 안에는 커피를 마시던 손님과 숙박하며 아침밥을 먹고 있던 손님들이 눈에 들어왔다.

그들도 자리에 앉아는 있었지만 밥보다는 바깥의 상황에 대한 공포감에 사로잡혀 바라보고 있었다. 그리고 그 사이를 뚫고 온 나 역시 걱정스러운 눈으로 바라보고 있었다.

"괜찮네. 문을 열어 주어서 고맙군."

"아닙니다. 전하, 여기 수건입니다."

주변이 눈에 들어오기 시작하자 그제야 온몸에서 통증이 느껴지기 시작했다. 몇 번을 번쩍거렸던 나의 얼굴에 손을 가져다 대자 따끔거리는 통증이 느껴졌다.

지배인이 건넨 물에 적신 수건으로 얼굴을 닦았다. 하얀색이었던 수건은 얼굴을 닦고 나자 금세 붉게 물들었다. 바깥의 군중에게 맞은 부분에서 피가 나온 것 같았다.

수건으로 몇 번을 닦고 뒤집어서 닦으니 코와 눈 밑 광대뼈 부근에서 계속해서 피가 묻어 나왔다. 다행히 그 이외에서는 피가 나오지 않았다.

피로 젖은 수건은 바닥에 두고 지배인이 준비해 준 다른 수건을 얼굴에 가져다 대고 나니 나의 모습이 눈에 들어왔다.

아침에 시월이가 빳빳하게 다려서 가져다준 군복은 이곳 저곳이 찢어지고 더러워져 있었고, 옷 군데군데가 나의 몸에서 나온 피로 붉게 물들어 있었다.

상의의 오른팔은 언제 뜯겨 나간 것인지 사라지고 없었다. 머리 위에 쓰고 있던 모자도 언제 사라진 지 알 수는 없었으나 사라졌다.

"전하, 방을 준비해 놓았습니다. 의사가 올 때까지 방에서 쉬시지요."

지배인이 안내하는 방으로 올라가기 위해 이동하려고 할 때 선임 형사의 고함이 들렸다.

"막내, 어디 갔어!"

선임 형사의 외침에 다른 형사들도 그제야 주위를 둘러보기 시작했고, 한 형사가 창문으로 다가가 밖을 둘러보았다.

"안 보입니다."

"미친 새끼야! 들어오고 나서 인원 파악도 안 해! 빨리 찾아!"

선임 형사는 화가 난 듯 자신의 옆에 서 있던 형사 한 명의 정강이를 세게 찼다.

나는 그 자리에 더 있어야 할 이유가 없는 데다 여러 사람에게 맞아서인지 긴장이 풀리며 온몸이 따끔거리고 쑤셔 왔기에 지배인의 안내를 따라서 올라갔다.

방은 대로가 보이는 위치였는데, 내가 본 대한문의 군중은
군중의 중심이 아닌 가장자리였다. 대한문부터 시작된 인파
는 정동정 반대편까지 이어져 있었고, 그 중심은 정동정에
위치한 조선총독부 재판소였다.

그들이 외치는 전인규, 김태일이라는 이름을 머릿속에서
찾았다. 제국익문사에서 한 의거 때문에 우리 요원들 대신
잡혀 들어간 청년들의 이름이었다.

그러자 이 모든 사태가 파악이 되었다.

그들이 잡혀간 것은 나의 잘못이었다. 원래 역사라면 없었
던 일이 나의 행동으로 생겨난 것이다. 오늘 이런 일은 내가
한 일의 인과응보라는 생각이 들었다.

"전하, 괜찮으십니까?"

"아, 하야카와, 그대는 다치지 않았나?"

내가 먼저 방으로 들어오고 나서 잠시 뒤 형사들과 하야카
와가 같이 들어왔다.

아까 한 형사가 호텔로 들어오지 못했다고 하더니 여덟 명
이었던 형사 중에서 다섯 명만이 방으로 들어왔다.

"소인은 괜찮습니다."

"김돌석은?"

들어온 사람 중에서 운전사인 김돌석이 보이지 않아서 물

어보았다.

"그도 괜찮습니다. 차가 걱정되어 1층에서 폭도들의 분위기를 살피고 있습니다."

하야카와는 이미 군중을 폭도로 규정하고 대답했다.

일본인의 입장에서는 폭도이지만 한국 사람인 나에게는 그들은 정당한 시위대였다. 나에게 위해를 가하긴 했지만, 혼잡한 상황에서 일어난 것이었고 그들이 모인 이유를 짐작하고 나니 그들에게 무어라 할 수가 없었다.

큰 소리로 전인규, 김태일의 석방과 재판 중단을 외치던 군중들의 목소리가 잠잠해지더니 노랫소리가 들리기 시작했다. 무슨 일인가 하고 창밖을 보니 군중들이 노래를 부르고 있었다.

아리랑 아리랑 아라리요
아리랑 고개로 넘어간다!
나를 버리고 가시는 임은
십 리도 못 가서 발병 난다!
아리랑 아리랑 아라리요
아리랑 고개로 넘어간다!
정천 하늘엔 잔별도 많고
이 내 가슴엔 희망도 많다!

운현궁의
주인

작은 소리로 들리던 노랫소리가 점점 커졌고 도로 전체를 메울 정도로 크게 들렸다. 몇 번이고 아리랑이 울려 퍼지다 어느 순간 노래가 바뀌었다.

이천만 동포야 일어나거라!
일어나서 총을 메고 칼을 잡아서
잃었던 내 조국과 너의 자유를
원수의 손에서 피로 찾아라!

이우 공의 기억 속에도 있는 봉기가峰起歌였다. 1919, 기미년에 있었던 3.1독립만세운동 때 불렸던 노래였는데, 다시금 정동정에서 그 노래가 울려 퍼지고 있었다.

하지만 그 노래는 길게 이어지지 못했다.

탕! 탕!

"폭도들은 해산하라!"

"불법 폭력 시위 중인 폭도들은 해산하라!"

커다란 총소리와 함께 확성기를 통해서 큰 소리가 들려왔다.

총소리에 놀라 소리가 난 곳을 바라보니 대한문 뒤 육조거리 쪽에서부터 황색 군복을 입은 헌병들이 총을 발사하면서 다가오고 있었다.

육조거리 마지막의 건물에 주둔하고 있는 헌병대가 나와

서 군중을 해산시키기 시작했다.

　군중의 가장자리에 있던 사람들은 총에 맞은 듯 쓰러지기 시작했고, 비명과 총소리 확성기 소리가 뒤엉켜 엉망이 되기 시작했다.

　헌병들은 사람이 죽는 것은 신경도 쓰지 않는 듯 계속해서 전진하며 총을 한 발씩 발사했다.

　일본의 헌병대가, 그것도 내선일체를 주장하는 일본의 군대가 조선의 백성을 향해서 총을 쏘는 장면은 충격적이었다.

　나의 손이 꽉 쥐어졌다. 아까 다쳤던 부위였던 건지 아니면 내가 너무 큰 힘으로 주먹을 쥐어서인지 주먹에서 핏물이 배어 나왔다.

　이 상황에서 아무것도 할 수 없는 나의 무기력함에 화가 났다.

　이런 나의 마음과는 다르게 헌병들은 계속해서 전진을 했다.

　헌병이 모두 일본만으로 구성되어 있지는 않을 것인데 그들이 전진하는 발자국에는 주저함이 없었다. 주기적으로 총을 발사하고 상처를 입어 쓰러져 있는 사람을 무차별하게 밟으며 계속해서 전진했다.

　불교에서 이야기하는 삼악도三惡道 중의 지옥도地獄道가 현실에 있다면 이곳일 것 같은 모습이 벌어졌다.

　총소리가 계속해서 들리자 정동으로 모여들었던 군중은

빠르게 작은 골목들로 도망쳤다.

그중에서 불타오르는 마음을 가진 일부 청년들은 헌병대를 막기 위해 헌병대를 향해서 뛰어갔다. 그리고 그들은 결국 헌병대의 총구에 쓰러졌다.

내 옆에 있던 하야카와나 형사 중 몇 명은 잔인한 장면에 차마 볼 수 없다는 듯 고개를 돌렸다. 나 역시 사람이 죽어가는 잔인한 장면에 고개를 돌리고 싶은 마음이 굴뚝같았지만 참고 하나의 모습이라도 더 눈에 담기 위해서 후들거리는 다리에 힘을 주고 바깥의 모습을 봤다.

내가 아무것도 하지 못하는 현실과 이 장면을 가슴속에 새겨 넣기 위해서였다.

30분도 되지 않아서 도로를 가득 메우고 있던 군중은 해산되었고, 군중이 빠져나간 자리에는 군인들과 쓰러져져 있는 사람들의 신음이 빈자리를 채웠다.

쓰러져 있는 사람들을 군인들이 체포해서 끌고 갔다. 그중에서 상태가 심각한 사람들은 한쪽으로 모으고 있었다.

부상자들을 옮기는 군인들의 행동은 부상자가 아닌 짐짝을 옮기는 것처럼 보일 정도였다. 전혀 안전조치가 없이 대충 옮겼다.

군인들이 확인하여서 죽은 것으로 판명된 이들의 시체들은 도로 한쪽으로 모였다. 짧은 시간이었지만 그곳에는 족히 1백 구는 되어 보이는 시체가 산처럼 쌓였다.

군인이 출동하고 단 30분, 30분 동안 이루어진 일은 학살이라고 부를 수 있을 정도였다.

상황이 정리되어 가는 것이 보이자 억지로 힘을 주고 있던 다리가 풀렸다.

내가 쓰러지는 것을 본 하야카와 빠르게 나를 부축했다. 하야카와의 부축을 받아서 침대에 앉아 지배인이 가지고 온 약통으로 상처를 치료했다.

＊＊＊

상처 치료가 마무리되고 잠시 쉬고 있을 때 밖에서 문을 두드리는 소리가 들렸다.

"전하, 헌병대 중대장 이토 신지 대위가 전하를 뵙기를 청해 왔습니다."

그 소리에 하야카와가 나갔다가 들어와서 말했다.

"들여보내게."

힘이 들었지만 침대에서 일어나 중앙의 소파에 가서 앉고서 들여보내게 했다.

방으로 들어와서 경례하는 대위는 한 달 전 석파정 별서로 갈 때에 총독부 앞의 검문소에서 보았던 헌병이었다.

"조선군 사령부 헌병대 대위 이토 신지, 이우 공 전하를 뵈옵니다. 전하께서 폭도에게 위협을 받으셨다는 이야기를 들었습니다."

나의 맞은편에 부동자세로 서서 말을 하는 대위는 일전의 인상과 비슷하게 차갑게 물어 왔다.

"별일 아니었네."

별일 아니라고 대답했지만, 지금 나의 상태를 보면 그도 별일이라는 것을 알 수 있을 것이다.

아직 옷을 갈아입지 않은 상태여서 찢어진 군복 그대로였고, 옷에 있는 핏자국과 응급처치를 해 얼굴에 붙어 있는 거즈가 아까 상황을 그대로 보여 주고 있었다.

"바깥 상황을 정리하고 안전을 확보하여 전하를 궁으로 모시기 위해서 왔습니다, 전하."

바깥 상황이 정리되면서 인파에 둘러싸였던 내 차가 대한문 앞 대로에 놓여 있었는데, 이미 많은 부분이 파손되어 있어 정상적으로 움직일지도 의문이 드는 상황이었다.

"바로 나가면 되는가?"

"전하의 차가 파손되어 일단 저희 헌병대 차로 모실 수 있도록 준비를 해 놓았습니다. 저희 헌병대가 경호하겠습니다, 전하."

마지막으로 한 말은 내가 아닌 형사들에게 하는 말처럼 들렸다.

경호대라는 인물들이 무엇을 했느냐는 듯 힐난하는 말에 선임 형사의 얼굴이 붉어졌으나 무어라 말은 하지 못했다.

상대가 엄청난 힘을 가지고 있는 헌병대 대위이기도 했고, 예상치 못한 일이었지만 이런 일에 미리 대비하지 못한 것도 있어서였다.

"가지. 김돌석은 어디 있는가?"

차를 확인하기 위해서 나간 이후 돌아오지 않은 김돌석을 찾았다. 그러자 하야카와가 대답했다.

"차를 확인하러 나간 뒤 아직 돌아오지 않았습니다."

"사람을 보내 내 운전사를 찾아. 차는 나중에 챙겨도 되니 그도 궁으로 오도록 전하게."

호텔 방을 나서면서 나의 옆에 따라오는 이토 신지 대위에게 말했다.

"네, 알겠습니다. 그리고 차량은 저희가 수습해서 궁으로 보내겠습니다, 전하."

"그래 주면 고맙겠군."

호텔 방 앞에는 완전무장을 하고 대기하는 군인이 서른 명 정도고 있었다. 한 개 소대의 경호를 받으면서 헌병대 차를 타고 운현궁으로 돌아오니 집 안의 모든 사람이 나와서 나를 기다리고 있었다.

"왜 다들 나와 있는가?"

"오라버니!"

찬주는 차에서 내리는 나를 발견하자마자 나에게 안겨 왔다.

나를 끌어안은 찬주의 손 떨림이 나에게까지 전해졌다.

대한문과 운현궁과의 거리가 얼마 되지 않아서인지 총소리가 궁까지 선명하게 들렸던 것 같았다. 내가 나가고 10분도 되지 않아서 총소리가 나고 비명을 들었을 찬주의 마음이 느껴졌다.

"괜찮아……. 괜찮아……."

놀란 그녀를 진정시키기 위해서 천천히 등을 두드리며 중얼거리듯 말했다.

이 말은 그녀에게 하는 말이기도 했지만, 나 자신에게 하는 말이기도 했다. 괜찮아를 수십 번 되뇌니 나도 모르게 눈에서 눈물이 나오기 시작했다.

"아부지, 슬퍼?"

아이의 목소리에 고개를 드니 나를 호위해 온 헌병대도, 나를 기다리고 있던 하인들도 수직사 마당 밖으로 물러나 있었다. 오직 나와 찬주, 청이의 손을 잡고 있는 유모만 남아 있었다.

"응? 우리 청이 슬픈 게 뭔지도 알아?"

아이의 목소리에 조금 정신을 차리고 유모의 손을 잡고 있는 청이에게 눈을 맞추고 이야기했다.

"응! 선생님이 여기가 아프고 눈에서 물이 나오는 게 슬픈 거랬어!"

청이가 자신의 가슴을 쿡쿡 누르면서 대답했다.

"아버지는 슬픈 거 아니야. 괜찮아, 청이야."

자신이 배운 것을 자랑하듯 말하는 청이의 머리를 쓰다듬어 주면서 말했다.

"오라버니 나가시고 얼마 지나지 않아 총소리가 나서 많이 걱정……. 읍…….."

내 품에 안겨서 한참을 울던 찬주가 진정이 되었는지 붉게 충혈된 눈으로 나를 바라봤다.

그 얼굴을 보고 있자 너무 사랑스러웠다. 내 가슴이 두근거리는 것이 죽을 위험을 겪고 와서 두근거리는 것인지 그런 찬주의 얼굴을 보고 두근거리는 것인지 알 수는 없었으나 그 기분에 충실하기로 마음먹고 찬주에게 키스를 했다. 찬주도 처음에 잠시 당황하더니 나의 키스를 자연스럽게 받아들였다.

"커흠!"

서로의 입술에 집중하고 있을 때 들린 헛기침 소리에 놀라 떨어지며 주위를 둘러보니 히로무가 민망한 표정으로 시선을 돌리고 있었다.

"모던보이, 모던걸 들의 자유연애가 유행이라지만, 운현궁에서까지 그럴 줄 몰랐네."

찬주도 민망했는지 청이를 데리고 이로당으로 돌아갔다.

"궁이 유행에서 뒤처져서 되겠어?"

민망해하는 히로무의 표정이 재미있어 웃으면서 노락당으

로 향했다.

"체통을 지키소서, 전~하."

히로무는 나를 따라오며 내관처럼 숨겨지지도 않는 양손을 옷 품속으로 숨기면서 과장되게 대답했다.

"언제 온 거야?"

"전하께서 다치셨다는 말을 들어서 바로 왔지. 상태는 괜찮아 보이지 않는데…… 사랑이 넘치는 것을 보니까 머리는 괜찮아 보이네."

히로무의 이야기를 들으면서 이로당으로 들어왔다.

안에 들어가자 시월이가 이미 나무로 되어 있는 칸막이를 설치하고 있었다. 아무래도 히로무가 온 것을 보고 급하게 설치 중인 거 같았는데, 그 안으로 들어가니 갈아입을 옷들을 준비되어 있었다.

"진짜 나 다쳤다고 온 거야?"

안에서 옷을 갈아입으며 함께 노락당으로 들어온 히로무에게 물었다.

"겸사겸사. 오늘 있었던 일 때문에 정보부가 파악하는 것이 너무 늦었다고 분위기가 안 좋아서 너 핑계로 도망 나온 거야. 황족 친구를 이럴 때 써먹어 보지 언제 써먹어?"

"넌 평소에도 많이 써먹잖아. 근데 정보부에서도 이 정도 사람이 모일 걸 예상하지 못한 거야?"

시월이가 준비해 준 편안한 복장으로 갈아입고 나가며 히로무에게 물었다.

조선군 사령부 정보부는 조선에 있는 정보조직 중에서 가장 크고 많은 정보를 가지고 있는 곳이었는데, 이 정도로 크게 일어나는 일을 대비하지 못했다는 것에서 조금 이상함을 느꼈다.

이번 일은 내가 기획한 것도 아니었고, 내가 기획한 의거 때처럼 히로무가 정보부 내부에서 정보를 조작하지 않아서 충분히 파악했어야 했다.

"어느 정도 재판소 앞에서 항의 시위가 있을 것은 예상했는데, 10만 명 정도의 많은 인파가 몰릴 것으로는 보지 않았어. 많아야 이삼천 명 정도 경성공립중학교 동문이 항의할 것으로 보고 있었어."

"그런데 예상보다 너무 많은 인파가 모여들었다?"

"그런 거지. 지난번 일도 있는데 이번 일까지 겹쳐서 우리 정보과장이 화가 많이 났어. 물론 또 총독부로 불려 들어갈 테고. 그래서 사무실 분위기가 안 좋아서 나온 거야."

이건 예상하지 못했던 일이었다.

조선 민중이 이렇게 시위를 하거나 반제국주의적인 행동을 하는 것은 좋은 일이었다. 하지만 만약 이게 누군가의 주도로 이루어졌다면, 10만 명 중에서 분위기에 휩쓸린 게 아닌 주도적으로 했던 인물이 1만 명 이상만 된다면 그 단체의 능력이 엄청나게 크다는 의미였다.

1만 명의 이상에게 영향력을 발휘하고 10만 명의 사람을 동원할 수 있는 능력, 그리고 이렇게 큰일을 일본의 정보부에 발각되지 않을 정도로 속일 수 있는 능력.

이런 능력을 갖춘 단체가 어디인지 짐작조차 하지 못하고 있었다는 게 큰 문제였다.

처음에는 여운형을 떠올렸지만, 그가 나에게 아무런 언질도 없이 이런 일을 진행할 것 같지는 않았다.

그 외에 떠오르는 곳은 화북의 사회주의 계열의 독립운동가들과 중경의 임시정부 정도였다.

하지만 화북까지는 직선거리로 1천 킬로, 중경까지는 못해도 2천 킬로 이상이었다.

직선거리가 이 정도고 실제로 이곳까지 오기 위해서는 기차를 탄다고 해도 며칠은 걸리는 거리였다. 이런 거리에 이 정도의 영향력을 발휘하긴 불가능에 가까웠다.

"배후는?"

히로무는 정보부도 아직 파악하지 못했다는 뜻으로 고개를 저었다.

"이번 일을 계기로 앞으로 달라지는 게 있을까?"

내가 가장 신경을 쓰는 부분은 이것이었다.

내 예상 밖의 일이 만들어지기 시작하면 이제까지 준비한 부분에 대해서 많은 수정을 해야 했다. 사소한 것 하나가 모든 준비를 망쳐 놓을 수도 있었다.

"감시의 눈이 더 많아지는 건 당연하고, 총독부가 이 문제를 어느 정도 심각하게 받아들이느냐에 따라서 상황이 크게 변할 거야."

"전하, 조선군 사령부에서 사람이 나왔습니다."

히로무에게 최악의 상황에 대한 예상을 물어보려고 할 때 밖에서 하야카와의 목소리가 들렸다.

아침에 있었던 일 때문에 내가 출근하지 못한다는 것을 하야카와가 부대에 알렸을 텐데 사람이 왔다는 이야기에 왜 왔을까 하는 의문이 들었다.

"곧 나가겠네."

히로무와의 이야기를 잠시 중단하고 자리에서 일어나 밖으로 나가니 히로무도 나를 따라서 밖으로 나왔다.

가와다케 이에스 군조가 나를 기다리고 있었다.

"오전에 불미스러운 일이 있으셨다고 들었습니다, 대위님."

"가와다케 군조가 여기까지 어떻게 왔는가?"

"참모님께서 이것을 전해 드리라고 보내셨습니다. 사령부에서 내려온 명령서이옵니다."

그가 건네는 종이봉투를 받아서 뜯어 보니 대본영의 도장이 찍혀 있는 서류가 들어 있었다.

대육명大陸命

조선군 사령부 포병과 포병장교 대위 이우는 11월 8일까지 대본영 육군부로 복귀해서 새로운 임무지에 대한 배치 명령을 수령, 이에 따를 것을 명한다.

-대일본 제국 대본영 육군부

이미 예상했던 서류였다. 일본이 미국을 폭격하기로 마음을 먹은 것 같았다. 원래의 역사와 거의 차이 없는 시기에 준비를 시작하는 건 아직 내가 한 행동들이 군 수뇌부의 결정에 영향이 미치지 않았다는 뜻이라 안심했다.

"이것뿐인가?"

이런 서류라면 전령에게 보내는 게 보통인데 군조가 직접 와서 물었다.

"그리고 나카타 대위님께서 보내 주신 자료입니다. 대위님이 전출 준비를 하셔야 하나 오늘 출근을 못 하시니 자료를 가지다 드리라고 하셔서 가지고 왔습니다."

그는 가지고 온 서류 가방을 내 쪽으로 가지고 왔고, 하야카와가 그 가방을 받아 들었다.

"나카타 대위에게 고맙다고 전하게."

가와다케 군조는 이게 마지막 용무였는지 나에게 경례를 하고 돌아갔다.

가와다케 군조가 돌아가고 나서 이왕직에서 섭외해서 보낸 의사 세 명이 왔다.

　세 명의 의사에게 외상을 치료받고 검사를 받으니, 주먹과 발에 맞아서 생긴 타박상과 날카로운 것에 스쳐 생긴 자상을 제외하고는 다른 큰 상처는 없어 하루 이틀 정도만 휴식을 취하면 된다는 이야기를 들었다.

　왕진 왔던 의사까지 돌아가자 히로무와 다시 노락당의 방 안에 마주 앉았다.

　"동경으로 돌아가는 거야?"

　히로무는 서류의 내용은 보지 못했으나 가와다케 군조와의 대화에서 내가 경성을 떠난다는 것을 알게 되었다.

　"일단은 동경의 부대로 배치된다는 이야기는 없고, 일단 대본영 육군부로 돌아오라는 명령이야."

　히로무에게 내가 받은 명령서를 넘겨주면서 이야기했다.

　"사령부에서 무언가 눈치를 챈 것일까?"

　히로무는 전출 명령서가 아닌 복귀 명령서에 의문을 느꼈는지 물었다. 평소에 봐 왔던 명령서는 다음 배치 부대까지 적혀 있었는데 복귀 명령만 있는 것이 약간 이상하기는 했다.

　"정보부에 있으면서 그런 낌새가 있었어?"

조심한다고 했지만 혹시라도 걸렸는가 해서 히로무에게 물었으나 이미 그런 일이 있었다면 나에게 와서 말을 했을 히로무였다. 형식적인 확인일 뿐이었고 히로무도 고개를 저으면서 대답했다.

"전혀, 너에 대한 첩보가 올라온 것은 전혀 없어."

"나도 나에 대해서 알고 있다는 느낌을 받은 건 없어."

"어떡할 거야? 동경으로 돌아갈 거야? 이게 만약 너에 대해서 파악을 하고 불러들이는 거라면 정말 위험한 선택이 될 거야."

히로무는 평소와는 다른 명령서가 마음에 걸렸는지 조심스럽게 이야기했다.

"잠시만 생각 좀 해 보고."

지금은 의식해서 떠올리지 않으면 잘 떠오르지 않는 이우 공의 기억의 파편들을 떠올리기 위해서 노력했다. 한동안 생각을 해도 이 명령서가 이전의 시대에서는 어떻게 내려왔었는지 기억이 나지 않았다.

"히로무, 잠시 혼자 생각 좀 하게 바람 좀 쐬고 와라."

내가 믿고 있는 히로무이지만 이우 공의 기억들을 적어 놓은 서책까지 보여 줄 수는 없었기에 방에서 잠시 내보냈다. 히로무도 나의 말에 별다른 의문을 달지 않고, 밖으로 나갔다.

그가 나가고 나서 방 안에 병풍 뒤 벽장 속에 숨겨 놓은 서

책을 찾았다.

cjsrnqortktlqdlfsus

tldnjftlqdhdlfthwhkfhrjwlsrmqehdruddmfhqhrrnlgotjwls
rmqgn ektlwhtjsdmfhqhrrnl
tldnjftlqdbrdlfqndlscksdkemfdlcjddlwhddmsrudtjddpsk
arhghswktjehdruddmfhcnfqkf

'cjsrnqortktlqdlfsus'이란 글자가 표지에 적혀 있는 책을 벽
장에서 꺼냈다. 벽장에는 알파벳으로 적혀 있는 서책 세 권
이 쌓여 있었다.

이건 모두 이우 공의 기억을 기록한 책이었다.

기억력이 이곳으로 오고 나서 미래보다 좋아진 것을 느끼
기는 했지만, 모든 것을 완벽하게 기억할 순 없었기에 기록
이 필요했다.

기록은 하되 이 글을 알아볼 수 있는 사람은 나 혼자여야
했다. 그래서 여러 방법을 생각해 보다가 아주 간단한 방법
으로 기록했다.

현재 이우 공의 기억과 내 미래의 기억들은 나만 알아볼
수 있는 글로 적어서 미국과 중경 그리고 경성에서 보관하고
있었는데, 내가 기록한 방법은 이 시대 사람들은 짐작조차

하지 못하겠지만 미래 사람들이라면 쉽게 짐작할 것이었다.

'q ㅂ, w ㅈ.'

적어 놓은 글을 해석하기 위해서 작은 종이 한 장을 꺼내어서 해석법을 적기 시작했다. 내가 사용한 암호는 간단했는데, 바로 키보드였다.

키보드를 영어에 놓고 한글을 쓰게 되면 전혀 엉뚱한 영어가 나왔는데, 한글을 영어로 기록해서 보관했다. 암호를 분석하는 사람들이 패턴을 알게 되면 해석할 수 있을까 해서 띄어쓰기도 하지 않고 모든 글을 연달아서 적어 놓았다

몇 달이라는 시간이 걸리기는 했지만 그만큼 중요한 자료였고, 이 자료를 남들이 봤을 때의 위험성에 비하면 작은 노력에 불과했다.

이 세계에 키보드가 있는지 알 수는 없었으나, 한글로 된 키보드가 없다는 것은 확실했다.

기자들이 사용하는 타자기는 있었는데, 확인하니 자판의 모양이 전혀 달랐다.

받침이냐 위에 있는 모음이냐에 따라 다르게 써야 하고, 쌍디귿 쌍시옷 같은 글자도 각각의 자판이 있어서 컴퓨터 키보드와 비교를 하면 자판 수가 훨씬 많았다. 또 한글 타자기는 한글만 있어 이 방법을 짐작조차 할 수 없었다.

그렇게 이 방법으로 지금은 전 세계에서 나 혼자 해석할 수 있는 글을 만들어 내었다.

1941년 10월 15일.

소좌로 진급 동경으로 복귀해서 진급 후 다시 조선으로 복귀.

10월 16일 부인 찬주, 아들 이청, 이종은 경성에 남고 혼자서 동경으로 출발.

10월 20일 동경에 도착하여서 육군부에서 진급식을 하고 귀족원에 가서 신고함.

……중략……

11월 30일 히로무가 동경에서 나의 거취 문제를 논의 중이라고 알려 줌.

12월 17일 동경 대본영 육군부에서 내년 3월 동경의 육군대학교 연구부 부원으로 전출 예정임을 알리는 예비 명령서가 내려옴.

임시로 만든 해석본으로 한 자 한 자 적어서 1941년 10월부터 12월까지를 해석했다. 해석이 끝이 나고 나서 바로 키보드 모양으로 적었던 한글과 영어가 적혀 있는 종이를 화롯불에 집어넣었다.

'역사가 바뀌었다!'

해석본을 만들면서 처음으로 든 생각이었다. 이때쯤 소좌로 진급한다는 것은 알고 있었지만 정확한 날짜를 알지 못했는데, 역사가 바뀌어 있었다.

원래 역사대로라면 나는 지난달 15일에 진급을 했어야 했다. 그런데 10월에 있었던 의거의 영향인지 아니면 그 훨씬 전에 했던 나의 행동의 영향인지 아직도 나는 진급을 하지 않고 소좌로 머물러 있었다. 이번 복귀 명령서에도 진급에 대한 이야기는 없었다.

또한 내가 일본으로 복귀를 하는 것은 지금이 아닌 내년 3월로 되어 있다. 그런데 지금 복귀 명령이 내려왔다.

부대에서 가와다케 군조가 인수인계 서류를 만들기 위해 서류를 가지고 왔다는 것은 내가 동경으로 전출되어 돌아간다는 것을 부대 사람들이 알고 있고, 대본영에서 정식 명령으로 내려왔다는 뜻이었다.

꺼내 놓았던 책을 다시 벽장 속으로 숨기고 해석본도 화롯불 속으로 집어넣어서 태워 버렸다.

역사는 바뀌었다. 이번 일이 진급을 위한 일인지 아니면 다른 일 때문인지 모르나 일단은 동경으로 돌아가야 했다.

히로무에게 줄 글을 작성한 이후에 그를 불러들이려다가 바깥에서 청이가 떠드는 소리가 들려 종이를 안주머니에 넣고 밖으로 나갔다.

밖에는 히로무가 이청과 함께 공을 차고 있었다. 보기에는 공놀이 수준밖에 되지 않았지만 청이의 표정은 사뭇 진지하했다.

"자, 여기까지 하자……. 생각은 다 정리한 거야?"

공에 집중하지 않고 있었던 것인지 히로무는 내가 나오자마자 나를 발견하고는 청이와 하던 공놀이를 중단하고 내 쪽으로 와서 물어 왔다.

"부입호혈不入虎穴 안득호자安得虎子라고 하니 가야겠지."

큰 소리로 이야기할 수는 없어 히로무만 들을 수 있을 정도로 작은 목소리로 말하면서 가슴속에 있던 종이를 물컵에 숨겨 물컵과 같이 건넸다.

"범 새끼를 잡자고 굴까지 가는 건 아니지. 잡으려면 새끼가 아닌 어미 범을 때려잡아야지 않겠어?"

히로무는 마당 끝에서 보고 있는 형사가 눈치채지 못하도록 조심스럽게 물컵을 받아 들고 종이를 자신의 품속에 숨기며 작은 목소리로 물어 왔다.

"범이……. 아직은 때가 아니니까. 언젠가는 그 범도 때려잡아야지. 그 전에 일단은 호구지계糊口之計부터 마련을 해야지."

히로무는 내가 준 쪽지가 내가 이야기하는 호구지계, 즉 내가 동경으로 돌아가면서 마련할 대비책이라는 것을 짐작했는지 웃음으로 대답을 대신했다.

✻

히로무가 집으로 가자 노락당으로 돌아와 제국익문사와 아버지 의친왕 이강에게 보내는 편지를 썼다.

아버지 의친왕에게는 혹시 내가 동경으로 돌아가면서 일이 잘못되었을 경우에는 한 단체를 통해서 앞으로 왕실이 움직여야 하는 방향을 알려 주겠다는 편지를 남겼다. 그리고 내가 잘못될 경우 아버지 의친왕이 꼭 전면에 나서야 한다고 부탁했다.

의친왕은 왕실 인물 중에서 유일하게 독립운동가들과 친하고, 교류를 하기도 했고, 지금 내 중심으로 만들어 놓은 나와 함께하는 사람들을 이끌어 줄 수 있는 인물이었다.

과거 이우 공의 실수를 반복하지 않기 위한 방도였다.

이우 공이 자신의 세력을 가지고 있었으면서 독립운동에 도움이 되는 아무런 일도 하지 못한 것은 8월 13일로 정했던 독립 전쟁의 D-Day 이전에 그가 죽었기 때문이다. 그러자 그를 따르던 세력들은 구심점을 잃어버려 아무것도 하지 못한 상태로 미국과 소련에 의해서 해방을 맞이했다.

내가 죽더라도 누군가 이 사람들은 이끌어야 했다. 완벽하지는 못하더라도 최소한 아무것도 하지 못하고 와해되면 안 되기에 그 역할을 의친왕에게 부탁하기 위한 편지였다.

그리고 제국익문사에게 쓰는 편지에는 의친왕에 대한 이야기와 비상 상황에서 어떻게 해야 하는지에 대한 계획을 적었다.

또한, 의친왕에게 작성한 편지와 비슷한 편지를 약산과 몽양, 중경의 성재, 미국의 윤홍섭에게도 작성했다.

그리고 각각의 편지봉투에 제국익문사만 알아볼 수 있도록 누구에게 가야 하는 편지인지 표시를 했다.

마지막으로 다른 사람들의 편지를 담은 봉투보다 조금 더 큰 봉투에 제국익문사의 편지를 넣고, 다른 모든 편지를 함께 넣어서 잘 정리해 두었다.

모든 편지를 담은 큰 봉투를 한 곳에 두고 또 다른 편지에 제국익문사에서 가지고 온 투명 잉크로 글을 적었다.

이것은 내가 동경으로 돌아갔을 때 그곳에서 혹시 벌어질 수도 있는 위험에 대비하기 위한 보험으로, 요원 몇 명을 선발해 동경으로 보내라는 명령서였다. 만에 하나이지만 나의 일들이 발각되어서 동경으로 부른 것이라면 탈출을 위한 포석이었다.

히로무에게 전한 편지에도 일이 잘못되었을 경우 내가 동경을 탈출하기 위한 계획에 대한 부분이 적혀 있었다.

아직 일본이 내가 하는 일을 잘 모르고 있다고 생각 중이었지만, 언제나 플랜 B는 가지고 있어야 했다.

제국익문사에 보내는 마지막 편지까지 작성이 끝나자 시월이를 불러들였다.

"들어가겠습니다, 전하."

시월이가 들어오자 편지를 건네주었다.

내가 건네준 편지는 여러 사람에게 보내는 큰 봉투가 아닌 제국익문사에게 보내는 작은 편지 한 장이었다.

"나가서 다과상을 가지고 오너라……. 그리고 이 봉투를 감쌀 수 있는 비단과 무명천을 조용히 가지고 오너라."

처음 다과상에 대한 이야기는 평소와 같은 크기로 하고, 뒤의 문장은 가까이 무릎 꿇고 있는 시월이만 들을 수 있도록 했다.

그러자 시월이는 고개를 들어서 내가 가리킨 편지가 담겨 있는 봉투를 쳐다보고는 대답했다.

"네, 다과상을 올리도록 하겠습니다, 전하."

시월이는 마치 다과상에 대한 부분만 알아들었다는 듯 대답하고는 밖으로 나갔다.

잠시 뒤 시월이가 다과상과 함께 돌아왔다.

그녀는 방으로 들어오자마자 자신의 치마에 달린 옷고름을 풀어서 겉치마를 벗었다. 그러자 허리에 묶여 있는 무명천과 비단이 눈에 들어왔다.

시월이는 자신의 허리에서 두 개의 천을 풀어 나에게 건네고는 자신의 치마를 정리하고 밖으로 나갔다.

시월이가 건넨 천으로 편지가 들어 있는 봉투를 잘 감싸서 인수인계 자료가 들어 있는 서류 가방에 집어넣었다.

앞서서 다과상에서 과자 몇 개와 차를 마시고, 부대에서 가지고 온 인수인계 서류를 살펴봤다.

내가 조선군 사령부에서 근무한 기간이라고 해 봐야 3개월을 조금 넘는 시간일 뿐이었다. 그래서 내가 왔을 때 나카타 중위가 정리해 놓았던 인수인계 서류에서 크게 고칠 게 없었다. 최신 자료들 몇 개만 새로 작성하면 인수인계 서류가 끝날 것 같았다.

서류를 살펴보다 저녁 시간이 다 되어 가 편지가 들어 있는 서류 가방에 인수인계 서류도 같이 집어넣고 가족들이 있는 이로당으로 갔다.

이로당 근처로 다가가자 벌써 맛있는 반찬의 향기와 밥을 짓는 향기가 가득 차 있어서 배가 고파졌다.

방으로 들어가니 내가 들어오는 것을 본 하인들이 음식을 차리기 시작했다. 곧 아이들과 찬주와 함께 저녁을 먹었다.

오늘은 이로당에서 해야 할 일이 있었기에 이곳에 자고 간다고 찬주에게 이야기를 했다.

"오늘 외출을 하시는 건가요?"

아이들이 다 잠든 시간 나도 저녁을 먹고 응접실에서 서류를 살펴보다 침실에서 씻고 나오니 침대 위에 앉아 있던 찬주가 걱정스럽다는 표정으로 물어 왔다. 아무래도 낮에 있었던 시위에 휘말린 일로 몸을 다쳤는데, 그런 오늘 내가 이로당에서 자니 불안한 것 같았다.

"아니야, 오늘은 밖으로 나가지는 않고 아래에 잠깐 갔다 올 거니까 너무 걱정하지 마."

오늘은 궁 밖에 용건이 있는 것이 아니고 궁의 지하 비밀 통로에 용건이 있었다. 그래서 침대 위로 올라가서 찬주를 안아 주면서 안심시켰다.

불안해하는 찬주를 안아서 진정시키고 1시간 정도 지나자 그녀의 숨소리가 고르게 들리기 시작했다.

고개를 살짝 들어 보니 나의 품에 안겨 있던 찬주는 나의 체온을 느끼면서 잠들어 있었다.

밤이 깊어지기를 기다렸다. 어둠 속에서 달까지 지고, 경호원들의 경계까지 풀어지는 새벽이 되었을 때 잠들어 있는 찬주를 두고 살짝 일어났다.

노락당에서부터 가지고 온 서류 가방에서 비단과 무명천으로 2중으로 싸인 봉투를 꺼내었다.

봉투를 가지고 언제나처럼 건물 중앙의 마당으로 나가 마루 밑으로 기어들어 갔다.

어둠 속에서 작은 등의 불빛에 의지해서 5분 정도 걸어가자 통로 중앙에 도착했다.

똑같이 규칙적으로 쌓여 있는 돌벽에는 집중해서 보지 않으면 알 수 없을 정도로 작은 흔적이 있었다. 돌의 표면에 가로로 살짝 파여 있었는데, 자세히 확인하지 않으면 그냥 돌에 원래 있는 자국처럼 보였다.

그 자국 아래에 있는 돌의 한쪽 끝부분에 가지고 온 쇠꼬챙이를 꽂아 넣었다.

쇠꼬챙이를 찔러 넣었다가 다시 살짝 당기자 그 돌이 쇠꼬챙이에 따라서 딸려 나왔다. 그 돌을 들어내고 그 밑에 받쳐져 있는 돌 네 개를 더 빼내자 그 안에서 강철로 되어 있는 금고의 문이 나왔다.

금고에 달린 잠금장치에 암호에 맞는 숫자를 돌려 맞췄다. 좌로 하나 반 바퀴 우로 네 바퀴 이런 순서로 열 자리의 숫자에 해당하는 만큼 돌려서 맞췄다. 이 돌리는 숫자가 한 번이라도 틀리면 처음부터 다시 돌려야지 해제가 되는 방식이었다.

이 금고는 융희제가 광무제로부터 물려받은 황실의 물건으로, 창덕궁의 깊숙한 곳에 숨겨 놓았던 것이다. 이후 그 유지가 이우에게 이어졌고, 물건 역시 이우에게 상속되어 이곳에 새로이 금고를 만들고 물건들이 옮겨졌다.

금고의 문을 열자 두 칸으로 되어 있는 금고 내부가 보였다. 금고는 입구는 좁았으나 깊이는 상당히 깊숙했는데 성인 남자가 팔을 전부 뻗어야지 끝에 겨우 도달할까 말까 하는 수준이었다.

위아래로 나뉘어 있는 두 칸에 아래층에는 성인 남자 손바닥만 한 크기의 물건들이 천에 쌓여 들어 있었다. 이것들이 바로 진정한 대한제국의 국새였다.

일본의 위협을 느낀 광무제가 원래 국새를 숨기고 모조품을 만들었는데, 지금 여기 있는 것이 진짜 국새이고 일본의 궁내성 박물관에 보관되어 있는 국새는 가짜였다.

위층에도 여러 서류와 깊숙한 위치에 옥과 금으로 만들어진 조선 그리고 대한제국 황실의 장신구, 황제의 용포가 무명천과 비단에 여러 겹으로 쌓여 있었다.

위에 칸 가장 앞쪽에다 내가 가지고 온 천에 쌓인 서류 봉투를 올려놓고 나서 금고의 문을 닫았다. 그리고 왔던 길을 되돌아서 조심히 이로당으로 돌아왔다.

이로당 외부를 감시하는 형사들과 군인들이 이로당 안에서 무슨 일이 일어났는지 짐작도 못 하는 사이 나는 다시 찬주가 잠들어 있는 안방으로 돌아왔다.

9장

　어제 맞았던 여파인지 잠들기 전까지는 괜찮았었는데 아침에 깨어나니 온몸에서 비명이 들렸다.

　"아그그그, 웃챠."

　조심히 몸을 일으키는데 온몸에서 지르는 비명에 내 입에서도 자연스럽게 신음이 나왔다.

　겨우 몸을 일으켜서 침대 머리에 등을 기대고 자리에 앉으니 찬주는 벌써 일어나서 나간 것인지 나 혼자 방 안에 남아 있었다.

　"거기 누구 없느냐?"

　어제 의사가 왕진하면서 하루 자고 일어나면 몸에 통증이 올 수 있으니 아침에 아프면 복용하라고 주고 간 약이 어디에 있는지 알 수 없어 사람을 불렀다.

"전하, 부르셨습니까?"

내가 부르는 소리에 바깥에서 대답했다.

"어제 의사가 준 약을 가져오너라."

"확인해서 올리도록 하겠습니다, 전하."

나에게 준 약을 알고 있는 사람이 시월이와 찬주여서인지 하인은 나의 말에 약을 가져오지 않고 대답으로 대신했다.

아픈 몸을 살짝살짝 움직여서 풀어 주려다 생각보다 강한 통증에 움직임을 중단하고 약을 가져오기를 기다렸다.

"오라버니, 일어나셨어요?"

잠시 기다리자 하인이 아닌 찬주가 그릇이 몇 개 올려져 있는 작은 반상을 직접 가지고 들어왔다.

"지금 막 일어났어. 어디 갔다 오는 거야?"

"오라버니께서 아침에 일어나시면 약도 드셔야 할 것 같아서 죽을 준비했어요. 여기 드세요."

기대어 있는 내가 먹을 수 있도록 침대 위에 반상을 올려 놓았다.

"이게 다 뭐야?"

아침에 하인들이 초조반상으로 죽 같은 것을 가지고 오기는 했지만, 하인이 아닌 찬주가 직접 들고 오는 경우는 없어 물었다.

"오라버니 드시라고 제가 직접 만들었어요. 약을 드시기 전에 이걸 먼저 조금이라도 드세요."

반상 위에는 작은 종지에 북어보푸레기와 잘게 다진 백김치 그리고 죽이 놓여 있었다.

숟가락을 들기 위해 팔을 움직이자 어깨부터 등, 팔까지 안 아픈 곳이 없어 인상이 찌푸려졌다. 그래도 직접 준비했다는 찬주의 정성을 생각해서 숟가락을 들어 죽을 먹었다.

찬주가 준비한 죽은 하얀 죽에 검은색 건더기들이 작은 조각으로 있었는데, 한 숟가락 먹으니 정말 맛있었다. 삼합죽이라고 해서 고기와 홍어가 들어간 것은 아닌가 하고 먹었는데, 그런 맛은 아니었다.

"뭐가 들어간 거야? 찬주가 해 줘서 그런지 정말 맛있는데?"

"말린 해삼이랑, 말린 홍합, 소고기가 들어간 거예요. 제가 어릴 때 몸이 아프거나 하면 어머니가 기운 내라고 만들어 주셨던 거예요."

이제야 해가 떠오르는 시간, 평소라면 아직 일어났을 시간도 아닌데 찬주가 나를 위해서 직접 준비해 준 정성이 들어가서인지 정말 맛이 있었다. 그래서 아픈 것도 잊어버리고 죽을 깨끗하게 먹었다.

죽을 먹고 나서 찬주가 주는 약을 받아서 먹었다. 약 기운이 돌기까지는 시간이 남아 있었겠지만, 찬주의 정성으로 끓인 죽 덕분인지 온몸이 누가 때리는 듯이 아프던 통증이 많이 가라앉았다.

"오늘은 여기서 쉬어야겠어."

어제도 사고가 있어 부대에 출근하지 않았었는데, 오늘도 몸의 통증을 핑계 삼아 하루 쉬기로 마음먹었다.

"제가 부대에는 연락하라고 할 테니 쉬고 계셔요."

찬주가 방을 나가고 나서 침대에 다시 누웠다.

어제 오후에는 몸에 통증이 없어서 작은 상처들을 제외하고는 괜찮은 줄 알았는데 아니었다.

10분 정도 누워 있으니 진통제의 약효가 돌기 시작해서 통증이 사그라졌다. 그제야 침대에서 일어나 탁자 위에 있는 서류들을 살펴보았다.

전출이 며칠 남지 않아 부대에 출근은 못 하더라도 서류 작업은 하기 위해서였다.

많지 않은 서류였지만 세세한 부분을 수정하거나 내가 했던 방식에 대한 교육 자료들을 남겨야지 후임으로 오는 장교에게 도움이 될 것이어서 꼼꼼하게 확인했다.

서류를 한창 살펴보고 있을 때 청이가 안방의 문을 열고 고개를 빼꼼 내밀었다.

"아부지, 청이 들어가도 돼요?"

평소에는 그런 경우가 잘 없었는데 청이가 조심스러운 표정으로 물어 왔다.

"그럼~."

내가 웃으면서 대답을 하자 청이는 문을 활짝 열고 뛰어들어 와 나의 앞자리에 앉았다.

"청아, 왜 바로 안 들어오고 아버지한테 물어본 거야?"

평소와는 다른 아이의 행동에 궁금해져서 물었다.

"옴……. 유모가 아부지 아프다고 했어. 그래서 아부지 힘들게 하면 안 된다고 했어. 청이 들어오면 아부지가 힘들까 봐 그랬어……."

아이는 내가 눈을 맞추면서 물어보자 잠시 망설이더니 대답했다.

"청이가 아버지한테 오면 아버지는 힘이 드는 게 아니고 힘이 나니까 앞으로는 망설이지 않아도 괜찮아 알았지?"

"응!"

청이는 나의 말이 기뻤는지 웃으면서 크게 대답했다. 처음 들어올 때 조심하던 행동이 나의 말에 풀어지자 언제 그랬냐는 듯 평소와 같이 이런저런 이야기를 재잘거렸다.

아이와 놀아 주면서 서류를 보기에는 무리가 있어서 서류를 잠시 제쳐 놓고 아이의 말을 경청했다.

오랜만에 자신의 말을 들어 주어서인지 어제 있었던 일부터 경성의 유치원을 다니면서 있었던 일과 자신의 친구들에 대해서도 끊임없이 재잘거렸다.

청이와 이야기를 하면서 놀아 주고 있으니, 찬주가 수련이도 데리고 안방으로 들어왔다.

안방에서 이렇게 온 가족이 모여서 이야기를 하는 경우는 잘 없었기에 수련이의 재롱과 청이의 재롱을 보면서 즐거운 한때를 보냈다.

아이들을 보고 있으니 몸에 남아 있던 통증도 모두 사라지는 느낌이었다.

부대로 출근하면 하루가 길었는데 아이들과 함께 놀다 보니 하루가 아주 빠르게 지나갔다.

내가 계속 집에 있어서 그런지 아이들은 낮잠도 자지 않고 놀아서 초저녁이 되자 잠이 들어 버렸다.

저녁을 먹기에는 이른 시간이어서 아이들을 재우고 찬주는 저녁을 직접 준비하겠다고 부엌으로 나갔다.

✧✧✧

안방에 혼자 남게 된 나는 낮에 잠시 꺼냈다가 집어넣은 부대 서류를 다시 확인했다.

"전하, 갈아입으실 옷을 가지고 왔습니다."

서류를 살펴보고 있을 때에 밖에서 시월이의 목소리가 들렸다.

내가 부탁하지 않은 옷가지를 가지고 왔다는 시월이의 목소리에 무언가 있구나 하고 들어오게 했다.

시월이는 방으로 들어와서 욕실 앞에 있는 탁자 위에 옷을 한번 올려놓고는 다시 밖으로 나갔다.

온종일 있으면서 땀을 흘린 것도 아니고 점심을 먹으러 잠시 거실에 나갔던 것을 제외하고는 안방에서만 있어서 자기 전에 씻으려고 했다. 하지만 시월이가 옷을 가지고 왔는데 저녁 먹을 때 옷을 갈아입지 않으면 나를 보고 있는 감시자들이 의심할 수도 있어 씻기로 했다.

씻기 전에 시월이가 가지고 온 옷 뭉치를 살펴보니 예상대로 독리가 보낸 편지가 있었다. 편지를 꺼내어서 화롯불 위에 올려서 글자가 드러나도록 했다.

편지에는 내가 가장 궁금해했던 내용이 적혀 있었는데, 이번 사태의 뒤에 만해萬海 한용운韓龍雲 선생이 있다고 적혀 있었다.

제국익문사가 조선인들 사이에서 정보를 얻는 것은 일본의 정보부보다 한 수 위라는 생각이 들었다. 아직 정보부는 짐작도 하지 못하는 것을 제국익문사에서는 이미 파악을 끝낸 모양이었다.

단지 이 정보를 일이 일어나기 전에 알았으면 내가 잘 피했을 텐데 일이 일어나고 내가 일에 휘말린 이후에 알게 되었다는 게 아쉬울 뿐이었다.

중경에서 교육을 마치고 경성으로 투입된 요원이 있어서 정보활동을 시작한 것이 지금은 큰 도움이 되었다.

내 예상처럼 아주 조직적으로 일어난 일은 아니었고 만해가 학생의 요청에 따라서 함께 행동했는데, 만해 한용운이라는 이름이 가지는 무게감이 엄청나 많은 대중이 참여한 것으로 보인다고 적혀 있었다.

만해 한용운, 조선 독립 역사에서 불교 부분에서 빠질 수 없는 인물이었다.

하지만 그는 대중에게 독립의 당위성, 독립 의식을 고취시키기는 하였으나 단체를 만들어서 적극적인 독립운동을 하지는 않고 있는 인물이었다.

조선 내에 있었던 마지막 좌우합작 독립단체인 신간회에서 불교계와 경성부의 대표 중 한 사람으로 참여해 활발히 활동한 것을 마지막으로 단체에 가입하거나 단체를 설립하지 않고 있는 인물이었다.

독립운동에 그렇게 활발하던 인물이 신간회 이후로 거의 10년간 큰 움직임이 없었기에 신간회 시절 무언가 큰일이 있지 않았을까 짐작했다.

내 사람으로 분류해서 설득할 때에 몇 가지 기준이 있었는데, 대중에 대한 영향력도 있었지만 가장 중요하게 생각하는 것은 독립 전쟁을 수행할 때에 나에게 도움이 되는가였다.

약산 김원봉에게는 원했던 것은 무력이었고, 성재 이시영 혹은 임시정부에 원하는 것은 독립운동가들 사이에서 조율하고 조직적으로 이끌어 주는 조직력이었다.

여운형에게는 전쟁이 일어났을 때 조선 안에서 전쟁 물자를 준비해서 보급해 주는 것과 조선인들 사이에서 형성되는 여론을 움직여 나에게 유리하게 만드는 것을 기대했다.

미국과 소련으로 보낸 윤홍섭과 조봉암에게 원하는 것은 강대국 사이에서 발휘할 수 있는 외교력이었다.

또한 미국의 송헌주와 유일한에게 원하는 것은 경제력이었다. 조선 안에서는 일정 수준 이상의 부를 축적하기 위해선 총독부의 도움이 있어야 했다. 그리고 커다란 부가 독립운동가들에게 들어가게 되면 반드시 총독부가 알 수밖에 없었다. 그런 부분에서 벗어날 수 있는 미국에서의 경제력 기반이 필요해서였다.

그런 부분에서 만해 한용운은 나와 함께한다면 많은 도움이 되겠지만, 나를 드러내면서까지 내 사람으로 만들어야 하는지에 대해 의문이 들었다. 그래서 직접 접촉을 하지 않고 여운형을 통해서 접촉하고 있었다.

하지만 이번 사건으로 그가 최소한 경성의 대중 사이에서 가지는 영향력은 절대 무시할 수 없는 수준이라는 것을 느끼게 되었다. 그래서 그에 대한 접촉 방식을 수정해야 하는 것인지 고민하게 되었다.

지금 당장 그를 만나기에는 시간이 부족했다.

나의 존재를 그에게 알리고 약속을 잡아서 만나기에는 경성에서 있을 수 있는 시간이 며칠 남지 않아 지금까지와 같이 여운형을 통해서 그와 접촉하되 조금 더 적극적으로 하는 것으로 결정했다.

만약 제국익문사에서 보내온 정보 중에 만해 한용운이 어떠한 단체를 이끌거나 아니면 소속되어 있고 조직적으로 움직이고 있다면 없는 시간을 만들고 무리를 해서라도 만나 봐야겠지만 그러한 정보는 없었다.

그는 여전히 조선의 독립을 지지하고 독립을 소원하는 사람이었다. 그리고 우리가 독립 전쟁을 일으키면 지지해 줄 것으로 예상이 되었기에 무리하면서까지 내가 나설 이유는 없다고 판단했다.

나의 마음 같아서는 독립 전쟁을 위해 한 사람이라도 많이 있었으면 좋겠지만, 영향력이 강한 사람들을 모두를 내가 안고 가려고 하다 보면 오히려 악영향을 미칠 가능성이 크다고 판단되었다. 그래서 그들 나름대로 하는 일에 대해서 정보만 가지고 있고, 직접 관여하지는 않기로 했다.

하지만 이번처럼 아무런 정보도 없이 이 정도로 큰 사건이 터져 나오는 것은 반갑지 않았다.

이로당에 미리 숨겨 놓았던 투명 잉크와 펜, 종이를 꺼내어서 독리에게 돌려보낼 편지를 작성했다.

독리에게 보내는 편지에 경성에서 있는 독립운동가 중에서 우리 사람은 아니지만 어느 정도 영향력을 가지고 있는 사람에 대해서도 정보 수집을 하도록 명령했다.

제국익문사는 장기적으로 독립 전쟁 시기에 맞추어 새로

운 요원들에 대한 교육을 진행하고 있었다. 하나 암살이나 요인 경호 교육은 기초적인 부분만 하고 정보수집과 첩보전에 대해서 속성 교육을 받은 요원들이 교육을 끝마쳤다.

최흥철 암살과 함께 진행했던 배신자 색출 작전 때 경성으로 들어왔던 요원 중 일부가 그들이었는데, 경성에 남아 중경으로 떠나기 전 경성의 제국익문사가 하던 일을 독리로부터 부여받아서 임무를 수행하고 있었다.

그들은 지금까지 민족 반역자와 일본의 움직임 그리고 나와 함께하는 인사들의 움직임을 감시하고 있었는데, 그 여력을 조금 돌려서 조선의 민중 지도자들의 동향 파악도 추가하도록 적었다.

지금 일본 제국의 조선 지배 야욕의 중심이자 조선총독부와 조선군 사령부가 있는 경성은 소리 없는 전쟁터였다. 독립운동을 하는 사람들과 총독부 사이에는 서로 간의 첩보 전쟁이 치열했고, 아군과 적군의 구분이 불분명한 상태라 내 사람들에게도 기본적인 감시는 필요한 상황이었다.

믿음을 가지는 것도 중요하고, 또 그들에게 믿음을 가지고 있지만 믿음과 방심은 다른 것이었다. 방심임 대가는 너무나도 가혹할 것이 자명했기에 대비책을 가져야 했다.

독리에게 보낼 편지를 다 작성하고 편지를 욕실로 가지고 들어가서 씻고 나왔다.

보통 씻으러 들어가고 나서 물소리가 나기 시작하면 하인이 들어와서 세탁물을 가져가는 경우가 많았는데, 오늘은 욕실 앞에 나의 세탁물이 그대로 있었다.

"누구 있으면 들어와서 세탁물을 가져가거라."

"네, 전하."

시월이가 들어오면 편지도 같이 전해 주고 아니면 저녁을 먹고 독리에게 보내는 편지를 주려고 했는데, 다행히 대답하고 들어온 사람이 시월이었다.

세탁물을 가지고 가는 시월이에게 내가 편지를 내밀었고, 그녀는 공손하게 받아서 자신의 품속으로 숨겼다.

❀

개운한 느낌으로 밖으로 나가니, 저녁 준비가 한창이었다. 음식들은 어느 정도 완성되어서 상차림을 하고 있었다.

또한 한창 차려지고 있는 상 옆에는 배고파서 잠에서 깬 것인지 수련이가 의자에 앉아서 유모의 도움을 받아서 이유식을 먹고 있었다. 정확히는 자신의 손으로 먹고 싶어 하는 수련이와 떠먹는 것에 도움을 주려는 유모가 실랑이를 하고 있었다.

유모는 아직 손의 힘이 부족한 수련이에게 숟가락을 쥐여 주면 먹는 양보다 흘려서 못 먹는 양이 훨씬 많아 숟가락을 줄 수 없었다. 반면 수련이도 이제 자신의 의지가 생겨서 자신의 마음대로 하고 싶어 했다.

"이리 주게."

수련이에게만 집중을 하고 있던 유모가 뒤에서 들리는 나의 말에 황급히 일어나서 고개를 숙였다.

유모의 손에 들려 있던 숟가락과 이유식을 뺏어 들고는 수련이 앞에 앉았다.

"우리 다 큰 숙녀가 얼굴이 이게 뭐예요."

"꺄햐."

옆에 놓여 있던 수건으로 밥풀이 묻어 있는 수련이의 얼굴을 닦아 내자 뭐가 그리 좋은지 수련이는 웃음을 터트렸다.

다행히 내가 먹여 주는 이유식은 자신의 손으로 잡지 않고 잘 먹어서 식사가 다 차려지기 전에 이유식을 다 먹일 수 있었다.

수련이를 안아 들고 나의 저녁을 먹기 위해서 자리에 앉자 마지막 찜 요리를 들고 오던 찬주가 나를 발견했다.

"몸도 아프신 분이 왜 수련를 안고 계셔요? 이리 주세요."

"괜찮아. 내가 안고 있을게."

잠들었던 청이도 일어나고, 온 가족이 저녁상에 모여 앉았다.

"찬주야, 나 동경으로 가야 돼."

동경으로 대본영으로 가야 하는데 그것을 찬주에게 이야기했다. 짐작은 하고 있었겠지만 내가 직접 이야기를 해 줘야 된다고 생각되어서였다.

"아부지, 동경 가요? 나도 나도!"

왜 동경으로 가는지 알지 못하는 청이는 자신의 동경 친구들이 생각나는 것인지 큰 소리로 대답했다.

"동경요?"

찬주는 놀란 듯 되물었다.

"어, 어제 가지고온 명령서에 동경으로 복귀 명령이 있었어."

"저희도 같이 돌아가는 건가요."

"아니, 아직 정확히 어디로 발령 나는지 나오지는 않았어. 그곳이 나오면 그때 같이 가자. 청이도 경성에 기다리고 있다가 아버지 가는 곳으로 같이 가자. 알겠지?"

이런 경우는 처음이기는 했으나 시찰 같은 업무적인 상황으로 혼자 이동을 했던 적은 자주 있었기에 찬주는 알겠다는 듯 고개를 끄덕였다.

청이는 같이 못 간다는 것에 실망을 했는지 중얼거렸다.

"나도 동경 가고 싶은데."

저녁 식사를 마치고 아이들과 시간을 보내다 늦은 저녁이 되어서야 찬주와 함께 침대에 누웠다.

어제에 이어서 오늘도 이로당에서 잠이 들었는데, 몸이 아파 밤에 혹시 일이 생길까 봐서라는 핑계를 댔지만, 실제는 찬주에게 동경행에 대해서 이야기하기 위해서였다.

"이번에 동경 가는 건 위험할 수도 있고 앞으로 내 신변에 문제가 생길 수도 있어."

"어떻게 그런 말을 하세요, 오라버니!"

"조국을 위한 일이니까. 내 신변에 어떠한 문제가 생기더라도 너무 놀라지 마 다 거짓이니까. 내 신변에 변고가 생겼다고 소식이 들리면 바로 낙선재로 가."

경성 안에서 그나마 가장 안전한 지역은 낙선재였다. 대비인 순정효황후가 있는 낙선재는 정치적인 압박 탓에 총독부에서도 웬만하면 건들이지 않는 곳이었다.

물론 완전히 안전하다고 말하지는 못하겠지만, 내가 없는 운현궁에 비하면 바깥의 풍파로부터 순정효황후가 방어막이 되어 줄 수 있는 곳이었다.

"꼭 가셔야 하는 건가요?"

이번 동경행이 위험하다는 느낌을 받은 것인지 나의 가슴으로 자신의 머리를 대면서 물었다. 그런 찬주를 끌어안으면서 대답했다.

"널 슬프게 하는 결과는 만들지 않을 거야."

10장

부대에서 해야 할 일들을 전부 정리하고 동경으로 떠나기 전 순정효황후에게 문후를 드리기 위해서 낙선재로 갔다.

경성 한가운데에 있는 낙선재였지만, 속세를 벗어난 사찰처럼 새소리가 들리는 숲의 가운데 있어 경성이 아닌 느낌이었다. 이 숲은 외부의 위협으로부터 궁을 지키는 역할도 하지만, 반대로 이야기하면 순정효황후 해평 윤씨를 가두는 감옥과도 같은 것이다.

낙선재까지 차를 타고 들어와서 내리니 대비마마의 측근인 상궁이 나를 기다리고 있었다.

"어서 오십시오, 이우 공 전하."

이번 동경행은 나 혼자 가는 것이어서 아이들과 찬주는 운현궁에 남아 있고 나 혼자서 낙선재를 방문했다.

"오랜만입니다."

"대비마마께서는 후원에서 기다리고 계십니다. 제가 안내하겠습니다."

상궁은 나에게 인사를 하고 낙선재가 아닌 낙선재 뒤편의 후원으로 안내했다.

"마마, 운현궁 이우 공이 문후 들었사옵니다."

후원 입구에 도착하니 상궁이 나에게 잠시 기다려 달라고 하고 후원으로 대미마마가 들을 수 있도록 말했다.

"이쪽으로 모시게."

낙선재에 있는 후원의 입구에서 상궁이 큰 소리로 고하자 후원 중앙의 정자에 앉아 있던 대비마마가 자리에서 일어나며 말씀하셨다.

상궁은 허락이 떨어지자 나에게 들어가라는 자세로 한 걸음 물러났고, 후원 중앙의 정자로 다가갔다.

"대비마마, 소자 이우 문후드리옵니다. 그간 별고 없이 강녕하셨습니까?"

정자에 올라서면서 예법에 맞게 인사를 했다.

"그래요. 덕분에 편안하게 지내고 있었지요. 이쪽으로 와서 앉아요."

대비마마의 허락이 떨어지고 나서 맞은편으로 가서 앉았다. 자리에 앉아서 대비마마가 먼저 말을 꺼내기를 기다렸다.

웃긴 이야기지만 대한제국이 역사 속으로 사라진 지 30년
이 흘렀으나 대비마마와 이우 공은 일본 황실의 예법이 아
닌 대한제국 황실의 예법대로 행동했는데, 황실의 예법을
따르면 아랫사람은 절대 윗사람에게 먼저 말을 꺼내면 안
되었다.

대비마마가 먼저 말씀하시기를 기다리자, 자신 앞에 놓인
찻물을 나에게도 따라서 건네주고 나서 말을 꺼냈다.

"조용히 이야기하기에는 이곳이 나을 것 같아서 이리로 불
렀어요."

내가 낙선재로 혼자 온다는 것이 단순히 인사를 하기 위해
서가 아니라는 것을 짐작하신 듯했다. 그래서 들을 수 있는
귀가 많은 낙선재 안이 아니라 후원의 정자로 나를 부른 것
같았다. 이곳은 후원이라 탁 트여 있어 작은 소리로 이야기
를 하면 들을 수 있는 사람이 없었다.

"감사합니다, 대비마마."

대비마마가 따라 준 찻물이 들어 있는 찻잔을 들어 입에
가져다 댄 다음 대답을 했다.

"나야 이 궁을 벗어나는 일이 없어 별일이 없었는데, 공은
큰 고초를 겪었다고 들었어요."

"큰일은 아니었습니다."

"그래도 얼굴에 상처는 흉으로 남겠어요."

얼굴에 생긴 상처를 치료하기 위해 붙여 놓았던 거즈는 떼어 냈지만, 날카로운 것에 긁힌 상처는 남아 있었는데, 대비마마는 그 상처를 가리키며 말했다.

"예전 어른들께서 소자의 얼굴이 너무 계집 같다고 하셨는데, 이 정도면 많이 사내다워지지 않았습니까?"

걱정스러운 얼굴로 바라보는 대비마마의 걱정을 덜어 주기 위해 농담을 섞어서 말을 하니 대비마마도 나의 뜻을 알았는지 웃음을 지었다.

"그래도 그들을 너무 미워하진 말아요. 그들이 진정한 우리의 백성이에요."

"미워하지 않습니다. 그들이 그럴 수밖에 없었다는 것을 잘 알고 있습니다."

조선 군중의 눈에 난 일본인 군인이었고, 그 상황에 재수 없게 휘말린 것뿐이었다. 그리고 나의 머릿속에는 군중 속에서 곤란을 겪은 일보다 일본군 헌병이 쏜 총에 쓰러진 우리나라 국민의 처참한 광경이 훨씬 크게 남아 있었다.

"그래요. 이번에 동경으로 가게 되었다고요."

"그렇습니다."

"요즘 활발하게 움직이고 있다고 들었어요. 일은 잘되어 가고 있나요?"

나와 대비마마와 직접적인 교류는 많지 않았으나 대비마마는 의친왕, 윤홍섭과 자주 교류를 하고 있어 내가 하는 일들을 대충 알고 있었다.

또한, 금전적인 부분에서 많은 도움을 받고 있었는데, 1년 사이에 대비마마에게 지원받는 금액이 늘어나 독립을 위한 준비가 많이 진행되고 있다는 것을 알고 있었다.

"대비마마께서 도와주신 덕분에 아직 미약하나마 큰 틀은 완성하였습니다. 이제 그 안을 채우는 일만 남았습니다."

"이우 공이 제국의 마지막 불씨예요. 내가 필요하다면 어떠한 도움이라도 줄 테니, 다시금 불타오를 때까지 노력해 주세요."

"그리하겠습니다, 대비마마. 제가 부탁드릴 것이 있사온데 말씀드려도 괜찮겠습니까?"

"공을 돕는 일이라면 언제든 환영이지요. 어떤 일인가요?"

내가 조심스럽게 질문을 하자 대비마마는 온화한 미소를 지으면서 대답했다.

"일을 하다 보니 언젠가 한번은 제가 죽어야 할 것 같습니다. 제가 죽었을 때 제 가족들을 이 낙선재에서 생활할 수 있도록 부탁합니다."

대비마마는 마치 죽음을 예견하고 여러 번 죽을 것 같다는 나의 말에 이상함을 느낀 것 같았다. 잠시 나의 말뜻을 생각하는 것 같더니 이내 말을 했다.

"이번 동경행이 위험한 것인가요?"

"위험은 언제나 있습니다. 이번 동경행은 그 정도까지 위험하다고 생각하지는 않습니다."

지금 대비마마에게 부탁하는 것은 이번 동경행보다는 그 이후의 상황에 대비하는 것이었다.

"알겠어요. 황실과 백성을 위해 필요하다면 죽어야겠지요. 공에게 변고가 생긴다면 공이 돌아올 때까지 나와 의친왕이 함께 공의 가족을 보호하도록 하겠어요."

나의 죽음 그 이후가 있다는 것을 대화에서 짐작한 대비는 마치 꼭 살아서 돌아오라는 듯 말했다.

"감사합니다."

"몸을 조심하도록 해요. 공의 생명은 공 혼자만의 것이 아니에요."

"그리하겠습니다, 대비마마."

비밀이란 것은 아는 사람이 적을수록 좋으므로 대비마마에게 모든 것을 말할 수는 없었지만 짧은 내용이어도 대비마마는 말의 속뜻을 알아차렸다. 그렇게 오늘 낙선재를 방문한 목적을 달성할 수 있었다.

⁂

낙선재를 다녀온 이후 운현궁으로 돌아오니 평소보다 훨씬 많은 사람이 날 기다리고 있었다. 형사들과 일전에 봤던 헌병대도 함께 기다리고 있는 것을 보니 어제 히로무가 와서 귀띔해 줬던 이야기가 생각나 웃음을 지으면서 차에서 내렸다.

"김태식 경부, 내 경호를 담당하고 있는 사람이 너무 오랜만에 얼굴을 보이는 것 아니오?"

차에서 내리자마자 김태식을 찾으니 일그러진 인상으로 나에게 다가와서 인사를 했다.

"제가 맡은 일이 많다 보니 그랬습니다, 전하."

평범한 말투지만 그의 떨리는 목소리에서 분하다는 감정이 느껴졌다. 거기다 일부러 놀리기 위해 김태식이라고 불렀는데도 별다른 말이 없었다.

"요즘 경부의 일이 많이 줄어들었다는 이야기를 들었는데…… 뭐 총독부에서 기대하는 조선인 경찰이니까 바쁜 일이 많았겠군. 그래도 내 경호를 담당하는 사람이니 자주자주 얼굴을 비치시오."

이미 히로무가 경찰 내부의 이야기를 해 주어서 상황을 알고 있었지만 모르는 척 이야기를 했다.

"오늘은 경호 업무가 저희 종로서에서 다시 헌병대로 이관되었다는 말씀을 드리러 왔습니다, 전하."

김태식은 나와 그가 싸운 것도 아닌데 패배감이 가득한 얼굴로 말했다.

가나자와 다이쿠라, 조선명 김태식.

종로서의 경부인 그는 조선인 중에서 최초로 지방 경찰서의 서장이나 조선에서 경찰 본부 격인 종로서의 부서장인 경시로 진급할 가능성이 가장 높은 인물이라는 평가가 있었다. 경찰 내부에서도 1, 2년 안에 진급할 것이라는 이야기가 나돌던 사람이었다.

그가 빠르게 진급한 이유 중 가장 큰 부분은 불령선인, 즉 독립운동가들을 고문할 때 일본인 경찰들조차 혀를 내두를 정도로 잔인했기 때문이다. 그런 부분을 인정받아서 경찰 내에서 가장 빠르게 진급한 것이다.

하지만 그의 승승장구도 나 때문에 끝이 났다. 자신이 맡은 일인 나의 감시와 경호 중에서 경호 임무에 실패했기 때문이다.

또한, 내가 조선에 들어올 때마다 불령선인들이 준동하는 사건이 일어났다. 내가 주도한 부분이지만, 경찰로서는 증거 없이 심증만 있는 상태였다. 그런 상황에서 나의 경호까지 구멍이나 그 책임을 김태식이 졌다.

이미 경찰로서 기분 나쁜 상황이었는데, 다른 일도 생겼다. 헌병대로부터 경호 업무를 받아서 해 왔는데, 헌병대가 경호하던 시절에는 없었던 불미스러운 일이 자신들이 경호하면서 생겼다. 결국 다시 그 경호 업무가 헌병대로 되돌아가면서 경찰보다 헌병대가 위에 있다는 것을 보여주게 되었다.

"나는 그래도 같은 조선인인 경부가 좋았는데, 아쉽게 되었군. 어디를 가든 이곳같이 최선을 다하게, 그러다 보면 보상을 받지 않겠는가?"

"전하의 말씀을 가슴 깊이 새기도록 하겠습니다. 저는 이만 가 보도록 하겠습니다, 전. 하."

높은 곳을 향해서 가는 사람일수록 그 길은 위험했기에, 한 발을 잘못 디딘 결과가 크게 다가왔다. 종로서에서 지방 경찰서의 과장으로 좌천, 이것이 김태식이 받은 징계였다.

김태식은 나에게 남기는 마지막 말을 한 자씩 힘을 주어서 하고는 운현궁을 나갔다.

그가 나감에 따라 그를 기다리던 형사들도 함께 운현궁을 벗어났다.

"전하, 앞으로 운현궁의 경호를 담당하게 된 조선군 사령부 헌병대 소속 대위 이토 신지입니다."

김태식이 나가고 나서 바로 대위 계급장을 달고 있는 이토 신지가 내 쪽으로 와서 경례를 했다. 헌병대 대위 중에서 나와 자주 봤던 인물이 와서 놀란 표정으로 그의 경례를 받았다.

"인연이 이렇게 이어지는군. 잘 부탁하네, 이토 대위."

"저도 전하의 경호를 담당하게 되어서 영광입니다. 저런 경찰들과 저희는 질적으로 다르니 걱정하지 않으셔도 됩니다. 이전 사건도 저희 헌병대가 경호했다면 일어나지 않았을 일이오니 걱정하지 않으셔도 됩니다, 전하."

군국주의 국가인 일본에서 군인들의 자부심은 대단했다. 물론 강제징집병을 제외한 이야기다.

그중에서도 육군 헌병대의 자부심은 훨씬 대단했고, 이토 신지 대위의 말에는 그 자부심이 자연스럽게 배어 나왔다. 조선인들에게는 공포의 대상인 종로서 형사들을 몇 수쯤은 아래로 내려다보는 말이었다.

"믿음직스럽군. 나는 내일 동경으로 떠나니 내 가족들을 잘 경호해 주게나."

"핫."

어떤 부분에서는 종로서보다 헌병대가 훨씬 껄끄러웠다.

가족들만 남게 될 경성에서 헌병대가 경호를 하게 되면 외부의 위험으로부터 안전하지만, 반대로 이야기하면 내 사람들이 접촉하기도 더 힘들다는 이야기였다.

형사들이 많이 배치되기는 했었지만 전부 다 해도 스무 명 정도였는데, 헌병대는 기본적으로 소대 단위로 움직였다. 운현궁에 배치된 군인만 책임자까지 해서 서른 명이 넘었다. 그만큼 감시가 촘촘해진다는 이야기였다.

처음 동경으로 가기로 했을 때는 나의 심복인 시월이와 김돌석을 전부 데리고 갈 예정이었으나, 마음을 바꿔 김돌석을 남기기로 했다. 그라도 있어야지 제국익문사와 운현궁 간의 소통을 할 수 있을 것 같아서였다.

노락당으로 들어가서 여운형과 독리에게 편지를 남기는 것으로 경성에서의 일정을 마무리했다.

마지막 밤은 찬주와 가족과 함께 보내기 위해 이로당으로 갔다.

평소에는 따로 잠이 들었지만, 오늘만큼은 아이들까지 전부 안방의 같은 침대에서 잠이 들었다. 아니, 들려고 했다.

"아부지 미워! 사탕도 안 사 주고!"

낮에 가족들과 마지막 날이어서 함께 백화점을 구경하고 쇼핑을 했는데, 아이가 사 달라는 사탕을 사 주지 않아서 삐져 있었다.

이번 달에 군것질을 많이 해서 건강에 안 좋을까 봐 사 주지 않았는데, 함께 자려고 했더니 소리치고 자신의 방으로 가 버렸다.

찬주가 따라가서 혼을 내려는 것을 말렸다. 내일 아침에는 아이가 마음이 풀어지기를 기대하면서 찬주, 수련이와 함께 잠이 들었다.

⁂

동경으로 출발하는 날 아침, 찬주에게 한 소리를 들은 것인지 뾰로통한 얼굴로 나를 배웅하는 청이는 온몸으로 자신이 억지로 끌려와 있다는 것을 표현했다.

"이제 가면 한동안 못 보는데, 아버지는 청이의 웃는 얼굴이 보고 싶네."

"훼, 아직 아부지 용서한 거 아니에요."

청이는 작은 발로 땅의 흙을 차면서 대답했다. 그런 청이를 찬주가 다시 혼내려고 하는 걸 말리고 계속해서 이야기했다.

"청이야, 이제 아버지가 궁을 떠나고 나면 이 궁에서 가장은 너야. 그러니 동생과 어머니를 잘 지켜야 해, 알겠지?"

삐져 있는 아이에게 할 말은 아닌 거 같았지만, 왠지 이번에 동경으로 출발하고 나면 한동안 가족을 못 볼 것 같은 예감이 들어서 하고 싶었던 이야기를 했다.

"저기 군인 아저씨들이 지켜 줄 거예요."

"그래도 집안의 가장은 청이니까 아빠한테 잘 지켜 주겠다고 약속을 했으면 좋겠어. 그래 주면 안 될까?"

내가 새끼손가락을 들어서 보여 주며 이야기를 하자 아이는 한참을 생각하다 자신의 새끼손가락을 걸면서 마지못해서 말했다.

"……약속."

"다시 아버지를 만났을 때는 늠름한 청이를 보고 싶어. 괜찮을까?"

"네에……."

손가락을 건 상태에서 이야기하자 아이는 자신 없다는 듯

운현궁의
주인

대답을 길게 빼면서 했다.

아이가 가족을 지키지는 못할 것이다. 아직 어리고 내가 하는 말뜻을 알지도 못하겠지만 다짐을 받고 싶었을 뿐이었다.

청이와 인사를 끝내고 수련이와 찬주와도 인사를 했다.

"다녀올게."

"조심해서 다녀오세요."

몸을 부대끼면서 사는 사람과는 많은 말이 필요하지는 않았다. 눈빛으로 대화한다. 이 말이 처음에는 무슨 뜻인지 몰랐는데, 찬주와 함께 살다 보니 어렴풋이 느끼게 되었다.

"잘 부탁하네."

나를 서울역으로 데려다 주기 위해서 기다리고 있던 김돌석에게도 부탁한다는 말을 하자 그는 고개를 숙이는 것으로 대답을 대신했다.

가족들과 이별하자 하야카와와 시월이, 궁내성에서 파견된 남자 직원 두 명이 나의 짐을 들고 따라왔다.

･⸙⸙⸙･

서울역에 도착하니 운현궁을 경호하는 인물들과는 또 다른 헌병대 한 개 소대가 나를 기다리고 있었다.

"이들과 제가 부산까지 호위할 것이옵니다, 전하."

새로이 나의 경호를 담당하는 이토 대위가 말했다. 예전에

는 많아야 다섯 명 정도의 인원이 경호했는데, 대한문 앞에
서 있었던 일 때문인지 한 개 소대가 움직였다.

일본으로 향하는 길은, 부산까지는 기차로, 부산에서 하관
(시모노세키)까지는 부관연락선을 타고, 하관에선 다시 기차를
타고 가는 먼 여정이었다.

그런데 서울역에 도착하니 다른 승객이 한 명도 없었다.
그래서 무언가 이상해서 주위를 둘러보니 기차에 객실이 단
두 량만 달려 있었다.

"전하의 경호를 위해서 총독부의 명령으로 편성된 특별 편
입니다."

내가 잠시 열차에 타지 않고 멍하니 서 있으니 이토 대위
가 와서 말했다.

"별일이로군."

"그만큼 전하는 일본 제국이 소중히 생각하는 분입니다."

이토 대위의 말을 듣고 아무런 대답 없이 기차에 올라탔다.

과거의 이우 공은 이 정도 경호를 받은 경우가 없었다. 한
개 소대의 병력에다가 특별 편성 기차는 과했다.

'내가 이 정도로 일본에서 중요한 사람인가?' 하고 생각을
해 봐도 결과가 나오지 않았다.

혹시 내가 했던 일들을 대본영에서 알게 되었고 그래서 동
경으로 불러들이는 것이고 동경으로 가기 전에 어디로 도망
가는 것을 막기 위한 처사가 아니겠느냐는 생각마저 들었지

만, 이내 머릿속에서 지워 버렸다.

내가 했던 일들에 대해서 파악하고 나를 체포하는 것이고 조선의 군중이 들고일어날 것을 우려한 것이었다면 경성에서 비밀리에 체포해도 될 터, 굳이 이렇게까지 할 이유는 없다고 생각되었다.

생각하면 할수록 안 좋은 쪽으로만 떠올라 생각을 지우고 안주머니 지갑에 들어 있는 사진 한 장을 가만히 바라봤다.

경성을 떠나기 전 아이들, 찬주와 함께 운현궁 앞마당에서 찍은 사진이었다.

이왕직의 전용 사진사를 불러서 찍은 흑백사진이었는데, 아이들을 얼굴을 보면서 다른 생각이 들지 않도록 만들었다.

평소와 다르게 특별 편이어서 한 곳에도 정차하지 않고 모든 역을 통과해 평소보다 이른 시간에 부산에 도착했다.

"바로 승선하시면 됩니다. 이곳부터는 동경의 헌병대가 전하의 경호를 담당할 것입니다. 편안한 일정 되시길 바랍니다, 전하."

운현궁에서부터 나를 경호해서 온 이토 대위가 경례했다.

하야카와에게 들은 출발 시각이 평소보다 훨씬 늦어서 부산에서 하루 자고 간다고 생각하고 일정을 확인하지 않았는데, 특별 편으로 와서 부관연락선이 출발하기 직전에 부산에 도착했다.

이토 대위의 배웅을 받고 부관연락선으로 다가가니 이미

다른 승객들은 승선을 마쳤는지 조용했다. 단지 특등석으로 들어가는 길에서 내가 승선하기만을 기다리고 있는 승무원들이 눈에 들어왔다.

"이우 공 전하의 승선을 환영합니다."

내가 배에 승선하자 선장과 승무원들이 꽃을 주면서 환영을 표했다.

오늘 하루 종일 평소와는 다른 대우에 어리둥절해졌다. 평소에도 특등석으로 들어오면 승무원이 환영하기는 했으나 의례적인 환영이었다. 꽃을 주거나 선장이 직접 나오는 경우는 없었다.

당황하기는 했으나 꽃을 받아서 하야카와에게 넘겨주고 객실로 들어갔다.

"하야카와, 무슨 이야기 들은 것이 있는가? 특별 편성 기차도 그렇고 이곳에서도 그렇고, 평소와는 다르군."

기차까지는 경호 문제 때문에 그렇다고 생각을 할 수 있었는데, 부관연락선에서 받은 환영 인사를 보니 경호가 문제가 아니라는 생각이 들었다. 내 신변에 내가 알지 못하는 무슨 변화가 있었다. 그래서 혹시 하야카와는 짐작할까 해서 물어보았다.

"소인도 알지 못하옵니다, 전하."

하야카와도 영문을 모르겠다는 듯 조심스럽게 대답했다.

"오늘 기차는 어떻게 된 것인가? 특별 편인 것을 알고 있었나?"

"이번 일정에 대해서는 저도 알지 못했습니다. 헌병대에서 알려 준 일정대로 진행했을 뿐이었습니다. 소인 역시 특별 편이라는 것을 기차역에서 알게 되었습니다."

혹시나 해서 이야기하는 하야카와의 표정을 자세히 살펴보았는데, 거짓말하는 것은 아니었다.

"그런가? 알겠네, 나가 보게."

하야카와가 알지 못한다는 것은 궁내성에서 시작된 일이 아니라는 뜻이었다. 이 정도 일이 벌어지려면 일본 제국 권력의 중심에서 나서지 않고는 말이 되지 않았다.

이 모든 변화를 주도한 사람이 누구인지 아무리 생각해도 알 수가 없었다. 이게 나에게 도움이 되는지, 아니면 나를 지옥으로 몰아넣는 것인지 알 수 없다는 것이 더 큰 문제였다.

파악되지 않는 흑막이 나에게 영향을 미치고 있다는 것은 확실했다. 그렇지 않다면 이런 변화가 일어날 수가 없었다.

좋은 쪽이든 나쁜 쪽이든 동경으로 가면 확실해질 것으로 생각했다.

내가 할 수 있는 일은 없었기에 무슨 일이 일어나도 냉정하게 판단할 수 있도록 객실에 앉아 마음을 준비할 뿐이었다.

다음 권으로 이어집니다

200평 초대형 24시 만화방

📖 수원시청점

로데오거리

● 농협

● CGV
⑧ 수원시청역 8번출구

24시 만화방
3F

● 홍콩반점

TEL : 031-226-3771
수원시 팔달구 인계동 1041-11 3층 24시 만화방

수면실 (침대식) — 사우나석
2인석 — 샤워실
세탁기 — 신간100%

📖 의정부점

의정부역 ④ ⑤

흥선지하도

◀서울방향

진성약국

던킨도넛츠

24시 만화방
3F

TEL : 031-856-3971
경기도 의정부시 의정부동 197-13 3층

📖 안양점

● 안양역
육교

◀관악역
명학역▶

농협

24시 만화방
2F
안양일번가

TEL : 031-466-3771
경기도 안양시 안양동 674-163 공룡고기건물 2층

📖 주안점

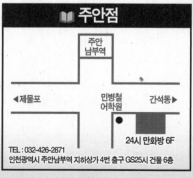

주안 남부역

◀제물포

민병철 어학원

간석동▶

24시 만화방 6F

TEL : 032-426-2871
인천광역시 주안남부역 지하상가 4번 출구 GS25시 건물 6층

📖 안산점

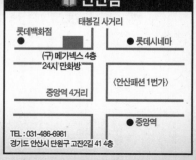

롯데백화점

태봉길 사거리

● 롯데시네마

(구) 메가넥스 4층
24시 만화방

〈안산패션 1번가〉

중앙역 4거리

● 중앙역

TEL : 031-486-6981
경기도 안산시 단원구 고잔2길 41 4층

LAST COMMANDER

가휼 장편소설

라스트
커맨더

아무리 다치고 쓰러져도 다시 일어나는 불사조 강진!
화염을 걷는 헌터가 되어 과거를 바꾸다!

어느 날 게이트가 열리고
그곳을 공략하여 헌터가 된 이들이 세상의 갑이 된다!
새로운 세상으로 인해 풍비박산 난 집안을 살리려
상사와 그보다 더한 헌터라는 종자들의 갑질을 당하는 강진!

그러던 어느 날 그의 앞에 나타난 게이트!
현실에 부딪칠 용기를 내고 그곳에 한 발을 디디는데……

오색찬란한 불사조의 시간회귀로 과거로 돌아간 강진!
군을 통솔하는 전장의 화신이 되어 가족을 지키겠다!

운현궁의

화명 장편소설

주인

더 이상 친일파는 없다!
부끄러움 없는 당당한 역사로 갈아엎어라!

대한민국의 평범한 대학생 이지훈
대한제국의 대군, 일명 '얼짱 왕자' 이우가 되다!

신비한 반지에 의해 일제강점기의 조선으로 가
이우의 기억을 수습하고 자주독립의 뜻을 세운 그는
비밀 조직과 일본의 핍박을 견디며
새로운 대한민국을 세우려 하는데……

판이 뒤집힌다!
세계사를 뒤바꾸는 기똥찬 한 수!

ROK
MEDIA